그러니까 사막이다

49일간의
남미 · 아프리카 기행

그러니까
사막이다

서정시학

'겨울엔 사막을 읽으러 길을 떠난다'

"떠나고 싶구나. 저 바람처럼 구름처럼!"

늘 탕약 내에 젖어있는 적막한 집안,
어머니의 혼잣말이셨다. 평생 누워 지내시던 병약한 어머니, 안방
에 사철 누우셔서 마당의 온갖 나무들 가지 부딪는 소리, 가랑잎 쓸리
는 소리를 들으며 마음 같아선 훨훨 한들로 개평으로 다니고 싶으셨을
어머니를 생각한다.

얼마나 상자 바깥을 나가고 싶으셨을까.
어미의 DNA가 씨앗처럼 내 핏속을 흘러 다니지 않고서야 내 어

찌 이토록 떠날 것을 생각한단 말인가.

　바람이 불고
　마음이 얼룩덜룩한 날은 떠날 것을 생각한다.

　한 번 먹은 마음은 이미
　구름처럼 날아 바람 속을 걸으며
　모든 일상으로부터 떠난다.
　친근한 것들
　다정한 것들로부터 제일 먼저 떠나야한다.
　너에게서도 떠나 현관을 나서면서 부터는
　나 자신에게서조차 떠나
　역마살이 이끄는 대로 나서보는 것.

　　길을 나선다는 것은
　　　　　품고 있던 생각을 풀어낸다는 뜻이다.

여행이란 내 오랜 숙명 같은 동경이었다.
　서울에서 육사를 다니던 오빠가 방학에 귀향하면서 가져온 처음
본 밀감이나 바나나 소쿠리를 들고 이웃 집집이 나누어주며 어깨가 으

쓱해지던 생각, 육사 생도가 하얀 정복을 입고 각도를 재며 걷던 오빠는 잘생겼고 지나가던 사람들이 모두 쳐다보고 놀라워하던 걸 아는 나는 그 순간, 나도 오빠처럼 집을 떠나 살 거야 꼭—. 몰래 마음 다지던 어린 날이 있었던 것!

아홉 살 터울의 오빠가 들려주는 이야기는
'나비효과' '우주' '별' 등, 아직 과학이나 우주가 무언지도 모를 나이의 나로 하여금 아득히 머나먼 존재의 과거나 미래를 서성이는 꿈꾸는 아이로 만들었지 싶다.

평상에 누워 찐 옥수수를 먹던
여름 밤의 오누이

"희야, 쩌기 저 반짝반짝하는 큰별 보이지? 저 별빛은 몇십만 년 전에 자기 별에서 출발해서 지금 우리 눈에 도착했기 때문에 보이는 거야" 하는 말에
"오빠야 몇십만 년은 백두산보다 더 머나? 은하수는 앞 냇물보다 더 큰 물이가?" 오빠의 대답은 생각이 안 나지만 알아듣기 쉽게 답해 주셨으리라.

그 외에도 우리 사는 땅 역시 둥그란 별이라는 거.
유난히 딴짓을 잘하는 내가
외계인일지도 모른다는 거,
우리가 아는 우주는 참깨 알 만큼도 안 된다는 거 등…
알쏭달쏭 했지만 얼마나 신나던 이야기던가.

내가 동화의 시절이 없이 어른의 세계로 들어와 버린 것 역시 집에는 동화책이 없었고 오빠가 방학 동안 쌓아놓고 읽는 '페스트'를 비롯한 세계 명작들, 이광수, 박경리 국내 명작집 말고도 방인근의 통속 소설들에 포르노 외국 잡지들까지 컴컴한 벽장에 숨어 다 봐 치운 나는 늙은 철학자나 된 듯 또래 동무들에게

"자살은 멋진 기야. 지 목숨이라도 지 맘대로 하는 것잉께 안 그 냐?"
"문듸 가시나, 또 뭔 개똥철학을 씨부리 쌓노?"

무슨 소린지 알 순 없지만 재미있어하며 고개를 끄득여 주던 사춘 기 친구들,

나의 이런 속성이 거시적 우주로 또는 미시적 세계로의 몽상적 시 인의 자질을 열어주었을 것이다.

시는 홀로 온다. 그리고
홀로에게 온다.

시가 그러하듯 여행 또한 홀로의 여행을 고집했던 때가 있었다.

―제 안의 자기를 조우하게 되는― 여행이 참 여행이라 생각는 것이
다.

참 많이도 다녔지 싶다.

사막을 저 모래땅을 지려 밟고 다닌 것인가.

이 지구별의 가지가지 사막,

―미국의 모하비사막, 중국의 고비사막, 천산북로 천산남로의 실
크로드, 세상에서 가장 뜨겁다 싶던 화염산, 이집트 사막, 아프리카 나
미브사막, 사하라사막, 나라 전체가 사막으로 보이던 모로코의 전국
순례, 그리고 남미 알티플라노고원, 기나긴 사막 길 등등.

이국의 구석구석을,

유리창이 깨져 황소바람이 들어오던

시외버스며

지중해의 경비행기며 여객선,

혹은 통통배를 찾아 타고. 타고. 타고.

기차를 갈아타며

위험 고비 속에서도 키다리 아저씨를 만나는 행운이 어찌 한두 번
이던가. 우리별 사막, 3분의2는 밟았지 싶다. 생각할수록 꿈이 아닌가
싶을 만치 믿기지 않는 일.

10여년 동안 가고 싶어 하던 남아메리카,

그 간절함이 응답이라도 해 주는 것처럼

어느날 TV를 통해 신비로운 우유니 소금사막을 접했고 〈오지여행닷컴〉이라는 한 배낭단체가 남미로 떠난다는 사실을 입수하고는 찾아가

막무가내로 끼워달라고, 매달렸다.

낯선 사람이지만 폐는 안 끼칠 거라고,

그간에 쌓인 마일리지로 왕복항공편도 개인적으로 티켓을 끊을 것이니 현지 배낭 다닐 때만 껴달라고 졸라 어렵사리 성사된 것이다. 혼자 사막을 많이 찾아다니기도 했지만 초행의 남미라는 거대 대륙에서의 불편한 교통편이 시인으로 하여금 타인 앞에서 고개를 숙이고 또 숙이게 한 것.

그럼에도 불구하고 얼마나 놀라운 결과인가?

간절히 소망하고 생각하는 테마는 현실로 실현되던 걸 예부터 알고 있었다.

누구에게나 있을 수 있는 일, 이 우주가 하는 일이었으니… 먼 거리에 있는 이러저러한 힘을 받은 두 입자가 연결 돼 동시에 주파수를 가진 기氣(파동, 입자)와 같은 에너지로 영향을 주고 받는 현상이라는

양자물리,

거기서 말하는 "생각이 현실을 만든다"는 사실을 나는 철석같이 믿는 사람이다. 이번에도 오래 찾고 기다리던 염원, 남미 사막 배낭여행도 숙원을 이룬 것이던 것. 내가 간구하던 것이면 말없이 슬쩍 밀어 실현케 하던 나의 신, 나의 우주.

> 죽어서도 모퉁이가 많은 나는
> 말을 부리는 시인일 것이다만

마지막 꿈이라면
아직 못 다 밟은 세계의 사막을
다 밟아보고 싶은 것이다.
또 어떤 한 사람,
내 곁을 묵묵히 함께해 준다면 더 없는 축복일 것!

하지만 나라를 구한 적이 기억에 없으니 꿈꾸지 말 일이다 싶으면서도 외계인 같은 엉뚱한 꿈속을 헤매는 나로 살게 해주신 신께 또 나의 수호신께 늘 감사하는 마음인 것이다.

다시 열심히 뛸 일이다.

아픈 곳, 어두운 곳, 후미진 곳을 돌아보며 함께 살아야 한다는 마음이 그러면서도 여전히 매사 철딱서니 없는 내가 이쁘다.

2023년 2월

김추인

남미 사막 기행

바람의 땅,
페루의 수수께끼
속으로 들다

인생이란 본시 어디에도 의탁치 않는다 다만 하늘을
이고 땅을 밟은 채 떠도는 존재일 뿐인 것
— 연암의 열하일기 中

항공이동
육로이동

페루

브라질

리마
피스코/이카
나스카

마추픽추
쿠스코
푸노
라파스
볼리비아
우유니

산페드로데아타카마

칠레

포스두이과수
푸에르토이과수

리우데자네이루

산티아고

아르헨티나

부에노스아이레스

엘찰텐
엘칼라파테
푸에르토나탈레스
푼타 아레나스
우수아이아

O.ji TOUR

다시 길 위에 선다. 이미 시선은 캄캄한 허공쪽을 응시한 채 전사의 걸음을 내딛는 중이다. 내게 내재한 결핍DNA가 또 나를 조종했을 것이다.

여름 내내 '난 당장 떠나야해. 크레타섬에 누워있는 카잔차키스를 만나러 아니면 머나먼 미답의 모래땅으로.' 강박처럼 떠도는 길에 대한 나의 허기가 배낭을 꾸리게 했을 것이다.

먼저 미 애틀란타를 경유하여 페루행 델타 항공으로 환승해야 한다. 리마 공항에서 낯선 오지의 배낭 팀과 잘 합류할 수 있을까?! 그 팀원들은 나와 달리 동호인으로 서울에서부터 함께 움직인다는데.

South America? 그래 넌 할 수 있어. 스스로에게 최면을 걸고 나니 나라의 짙은 가을이 구름 아래 보이기 시작했다.

왜 하필이면 사막일까. 그 삭막하고 모래바람이나 치는 황무지를… 누가 부른다고, 빼도 박도 못하는 일상의 담장을 뛰어넘어 두려움을 떨치지 못하면서까지 문을 열어젖히고 싶은 이것은 나 자신도 알 수 없는 병 같은 것.

저 아프리카의 나미브사막을, 사하라사막을, 고비사막을 혼자 헤매던 여자. 몇 명의 낯모를 배낭인들과 함께 한다 해도 나의 영혼은 혼자 바람처럼 떠돌지 않던가. 일상 속 포장된 나를 벗어 던지고 홀로 오롯이 문을 밀고 나섰을 때, 비로소 여행은 내게 마법을 걸어오던 것을 기억하기 때문일 것이다. 마법사의 빈 주먹 속에서 빨간 장미 한 송이

불쑥 솟구치듯 모래알이 마른 풀덤불이 내 안의 또 다른 나를 불러내
어 말을 걸어오는 길 위의 요술같은.

태평양너머 애틀랜타를 향해 날고 있다,
꿈일까.

　망상과 상상, 허상과 실상들이 충돌하는 내 머릿속은 구름 공장이
고 그곳엔 구름의 방정식이 있다. 내 상상의 나래 짓은 구름처럼 떠돌
다 어느날 마법처럼 풀리는 공식.

　얼마나 꿈꾸던 남미인가. 멀어서도 못 갔고 비싸서도 못 갔던 지
구 반대편에 대한 구름장 같은 그리움 하나 가슴 속에 심어둔지 30년
이다. 미역가닥만 같이 길다란 칠레며 시인 네루다의 마추픽추, 나스
카라인, 우유니 소금사막 등 이것들을 만나야했다. 또 마야, 에콰돌, 볼
리비아, 호주, 러시아, 우즈베키스탄 등 세계 곳곳의 고대인(과학적 탄
소연대측정)들이 남긴 벽화 속, 신기루만 같은 외계인 형상들, 이것들이
외계인 개입된 일이 아니라면 분명 우리 지구행성의 조상은 현재의 우
리보다 훨씬 우등하고 문명했을 것이란 수수께끼를 품지 않을 수 없었
던 것.

　이제 KE035기는 정규노선을 안정적으로 날고 있다. 좌석 앞 화

면엔 고도 39,000피트, 속도 780km/h, 순항이다. 어느덧 마음도 차분해지면서 출발 전 허둥대던 모습들이 선하게 그려진다. 추석차례를 모신 후 덜컥 항공표부터 마일리지로 끊어놓고 남미 배낭여행에 대해 인터넷을 뒤지

고대 우즈베키스탄, 휘르가난의 벽화

면서도 설렐 틈이 없었다. 아무 준비도 못했는데 주부로서 치러야 할 책무들이며 가이드북도 사고 큰 배낭도 침낭도 사야 하는데 시간이 없다. 날짜들이 그냥 날아간다.

가기 전에 송고해야 할 원고들도 행사도 만나야 할 사람도 多多多多… 눈이 팽팽 돌도록 뛰어다녔다.

그런데 일 났다.
청천벽력처럼 날아온 스승님 소천소식.

추석 이틀 전에 뵈었는데 그사이 유명을 달리 하시다니. 삼성병원, 상청이 썰렁하다. 제자 몇 사람과 가족, 그리고 몇 분의 문인과 카톨릭 회원들뿐… 그냥 고요로울 만치.

그러나 정작 당신은 편안하신가 보다. 아무 사념이 없으신 듯한 홍윤숙 시인의 영정. 아침에 깨시자 곧 도우미 아주머니에게 통장을 내주며 돈이 많이 필요할듯하니 은행가서 찾아오라 하셨다고. 당신의 죽음을 미리 아셨던 걸까. 모든 상례절차가 간소히 치러지던 중 염습 중에 시포 사이로 언뜻 뵈시던 선생님의 희디흰 작은 맨발, 어찌 잊을 수 있을 것인가.

목관에 고요로이 누우신 스승님께선 천상의 여인이었다. 머리에 연분홍 자잘한 꽃들을 꽂고, 곱게 분단장을 하신 채 웃으실 듯 벙근 분홍 입술사이 흰 치아는 얼마나 고우시던지… 당신의 주님께 시집가는 신부는 더없이 아름다우셨다.

문득 나의 장례식이 보였다. 과연 선생님처럼 떠날 수 있을지 미심쩍은… 딱 이틀 남았다. 용인 천주교 공원묘지에 선생님을 모시고 밤새워 여행준비를 한다. 이틀이나 시간을 주시다니. 생각할수록 스승님의 제자 사랑이 크시다. 출발 당일 영면하셨다면 그 당혹지경을 어찌했을 것인가.

미답의 낯선 시간 속으로 출발이다

찌르찌릇 알람소리에 고양이세수를 하고 나선다. 등엔 꾹꾹 눌러 담은 45리터들이 배낭 앞엔 새끼배낭, 샌드위치맨이 되어 살그머니 현관을 여는데 언제 깼나! "무거운데 택시타고 가"이 사람 악수를 청한다. 택시를? 평생. BMW라며 버스와 지하철과 워킹밖에 모르는 사람이…후훗 돈 굳었다 직행버스가 있는데.

오늘 일진은 잘 풀릴 듯. 자린고비 남편이 택시비를 주니. 탑승 후 좌석 번은 36J, 앗 싸— 기분이다. 양 옆에 말끔한 청년둘이 앉는다. 대체로 이런 유형들은 귀에 리시버를 꽂은 체 조용히 책을 읽거나 노트북을 두들기는 미래족인 것. 한결 마음이 깃털처럼 가비얍다. 그런데 이 희망적 상황에 뒤에서 어깨를 툭툭 치며 탁백이 같은 목소리가 날아온다.

"쩌기, 아짐씨, 지가 영어라는 걸 못해봐 거시기 하니 많이 좀 거시기 해 쭈씨요잉." 미국 딸네 집에 가는 길이라며 묻지도 않은 사연까지 일러주는데 영어를 못 해 거시기한 건 나도 마찬가지 씨익 웃어주기만 했다.

내겐 여행의 노하우라 할 것이 있었으니.

까맣게 잊고 있다가 비행 중에 회화노트를 한 번 읽어 기억을 상기시키고 일주일이든 한달이든 보디랭귀지를 섞어 써먹다가 인천귀착과 동시 영어회화라는 것은 뇌리 밖으로 유감없이 사라지는 것. 그러나 남미는 완전 에스파뇰(스페인어)권, 빵이라도 사먹고 화장실이며 길이라도 물으려면 기본적인 건 알아야 한다는데. 한번 읽을 새도 없이 복사만 해온 노트를 펴들고.

숲은 sopa소빠, 빵은 pan빤, 파스타는 pastas빠스따, 컵 copa꼬빠, 물 아꾸아, 밥. 아로스, 중얼중얼, 1우노. 2도이스. 3뜨레스…10떼스. 계산을 부탁해요 라 꾸엔따 뽀르 빠보르, 포장해주세요 빠라 예바르 뽀르 빠보르… 중얼중얼 중얼. 특히 por favor 뽀르 빠보르는 영어의 please의 뜻으로, 말끝마다 붙이는 게 좋다고 한다.

공중에서 하루를 지냈는데도 여전히 10월 17일이다. 날짜변경선을 지난 탓 일게다. 애틀랜타에 도착, 수하물을 되찾아 다시 검사를 받고 기착지인 리마로 짐을 부친다. 환승준비를 한 것이다. 갇힌 공간에서 8시간을 빈둥대며 세수와 화장을 하고 커피와 빵으로 늦은 점심을 챙기며 책을 읽고 시간을 보낸다. 책은 인류라는 나무에 열린 과일. 책만큼 맛있는 과일이 있던가. 이 책이란 과일은 먹으면 먹을수록 배가 고프니 이 또한 탐욕이지만 버리고 싶지는 않다.

델타, L151기는 리마를 향해 떠올랐다.

예상을 했지만 좌석이 44A. 가장 뒷자리다. 바로 뒤는 화장실. 너무 늦게 항공예약을 한 때문일 것이다. 5시간 비행 후 페루의 수도 리마 도착이 23시 40분, 리마 공항에서 합류키로 된 팀은 23시 10분 도착이니 나를 위해 30분을 기다려주기로 되어있다.

그러나 어찌된 일인가. 느려터진 남미라더니 늦어도 너무 늦는다.

험준한 페루의 자연과 삶

리마 차베스 공항에는 30분이나 연착했다. 어느 단체가 낯선 한사람을 위해 1시간을 기다려주겠는가. 마음이 콩 뛰듯 뛴다. 입국심사대를 나와 작은 공항 어디를 봐도 내 이름 팻말은커녕 동양인 하나 보이지 않는데. '그래 다 떠난 거야, 이를 어째 호텔 명부가 적힌 전용책자는, 큰 배낭 속 바닥에 넣었잖아?!' 앞이 아득했다.

큰 배낭을 입장장 바닥에 풀어 헤치고 허둥지둥 찾아냈다. 숙소는 STEFANO, 택시를 타면 알아서가겠지. 밖으로 나오자 가므잡잡하고 땅딸한 페루 택시기사들이 벌떼처럼 달려든다. 무섭다. 안으로 되돌아와 inform을 찾아갔다. 호텔 전번을 주며 짧은 영어로 "Please call for me to this hotel." 두세 번을 반복해도 뭐라뭐라 에스파뇰로 떠든다. 전화기를 가리키는 것으로 봐서 구내용이라 불가라는 것 같은데… 이사람 저 사람을 붙들고 부탁해도 못 알아듣는다. 이제 울음이 나올 지경. 이 생면부지의 먼데를 혼자 겁도 없이 나서다니 후회막급이다. 벌써 자정이 지나간 지 오래, 곧 사람들도 다 떠나고 나 혼자?

두려움에 질려 갈팡질팡인데 감색 정장을 잘 차려입은 장년의 남자가 다가와 아주 천천히 또박또박 "무슨 일이냐?" 영어로 묻는 게 아닌가. 잘생긴 이 메스티소(백인과 인디오의 혼혈)의 물음에 울먹울먹 앞 뒤도 안 맞을 영어로 설명을 했다. 그는 공항직원에게 무언가를 묻고는 내게 돌아와 "No problem, wait a little!" 기다리라니 이게 무슨 소린가. 믿을만할 택시라도 잡아줄라나? 시간은 자꾸 가는데 내가 공중에 뜰 판인데. 얼마나 흘렀을까.

'아니 저 사람들 한국인 같은데'

이제 막 입국장으로 쏟아져 나오는 사람들, 달려갔다. "혹시 서울서온 남미 배낭팀인가요?" 그렇단다. 살았다. 그들 비행기가 60분을 연착한 거라고. 세상에 딜레이 된다는 것이 이리도 반가울 줄이야. 그제야 나의 키다리아저씨에게 "그라씨~아 그라씨~아" 감사를 표한다. South America의 첫 밤은 그렇게 새벽녘에야 스테파노에 입성할 수 있었다.

어떤 여행도 하지 않는 거보단 낫다.

떠나 본다는 것… 망설임으로부터 용기를 내 보는 것. 길위에 서 보는 것. 낯선 시간 속에서 좀 더듬더듬 좀 두리번 두리번 거리면 어떠랴. 인생도 하나의 길, 우리의 생애에 늘어선 문은 열면 열수록 끝없이 더 늘어서던 문들을 기억한다. 그 앞에서 얼마나 많이 더듬거리고 두리번댔으며 숨차게 달려왔던가.

나는 늘 엇박자로 달려왔다.

남이 가지 않는 오솔길을 찾아야 한다며 프로스트처럼 좀 인적이 드문 길을 찾아 나서곤 했었다. 딴 길을 선택했다면 또 다른 길에 선 나를 만나리라 방황하는 것도 나를 찾아가는 방법이다. 아니 그 헤맴에서 비로소 내가 보이던 것을.

오아시스 마을

새 땅, 새 아침에 첫 삽을 뜨듯

숙소를 나선다. 춥다. 봄이라는데… 열대우림부터 한대에 걸친 남
미기후에 대비했던 옷가지들을 다 빼버리고 3분의 1로 줄여서 왔었다.
추우면 모든 옷을 껴입고 더우면 한 겹씩 벗기로 하고.

집을 떠나온 지 나흘 째, 19명의 대원들은 아직 낯설지만 서로 눈
이 마주치면 환히 웃어준다. 부드러운 시선에 풀꽃 향 같은 것이 묻어
오는 듯싶다. 처음 그 무뚝뚝해 보이던 S님도 아르마스 광장의 햇살처

럼 환한 웃음을 날려주었다. 아주 잠깐이지만.

파라카스 해상공원인 바예스타섬에 들어가는 보트 위로 날아오르는 물벼락을 맞으며 서로의 어깨를 부딪끼며 환호하고 마주보고 웃는 것. 이런 것들이 가까워지게 하는지 모르겠다. 모래바람이란 뜻의 파라카스는 정오가 되면 모래를 가득 품은 채 불어오는 바람 때문에 붙은 이름이란다.

이어 찾은 와카치나는 구불텅구불텅 아찔한 버기카의 사구 질주 후 현지 식을 먹어 좋았던 모래 사막 속의 작은 오아시스 마을. 나는 혼자 있고 싶었는지 작은 연못 속 물그림자를 보며 멍 때리고 있는데 "뭐 하세요?" 두 부부가 최초로 내게 말을 걸어왔다. 아직 이름도 성도 모르는데 과일을 나눠 먹자며 잔디밭으로 나를 이끈다. 유난히 목소리가 동동 뜨던 그녀는 사람을 좋아하는 듯 보였다.

유목의 길 위에서 만나는 인연의 매듭들

여기 남미는 다 해서 12국가로 세계에서 가장 긴 안데스 산맥이 해안선을 따라 뻗고 그 동쪽으로 대초원 팜파스와 아마존 열대우림이 펼쳐진다.

그 중 페루는 우리 남한의 13배 크기, 칠레, 볼리비아, 브라질 등과 국경을 접하고 지형은 크게 연안인 코스타Costa, 안데스산지인 시에라Sierra, 아마존지역인 셀바Selva로 나누어지며 대부분이 습도가 낮은 사막지대다. 7월에서 11월은 건기라 했으니, 매일 비가 내리고 고온다습한 열대성 기후인 우기와 달라 지금은 봄이라지만 아직은 건기, 밤낮의 일교차가 큰 것은 물론 건조하고 서늘하다.

리마의 아침은 쌀쌀했다. 반팔 위에 긴팔 그 위에 두꺼운 점퍼까지 챙겨 입고 나섰다. 육중한 유럽풍 건물의 구시가지와 새 건물들의 신시가지를 조금만 벗어나도 달동네 같은 것이 산자락을 메운 소박한 살림살이들. 변두리도로일수록 매연은 살인적이다. 본능적으로 들숨은 쉬는 듯 마는 듯 날숨은 세게 내쉬게 된다.

점점 날은 더워져 하나씩 허물을 벗어 배낭에 구겨 넣고 얇은 반팔차림. 허기가 진다. 마른 견과류 볶아온 것을 씹으며 지하철을 타보자 하고 길을 물어도 따따부따 쌍자음이 유난한 에스파뇰을 알아먹을 길이 없다.

설미씨를 비롯한 홍, 유, 조 젊은 영혼들을 만난 것은 메트로의 M 표시를 찾아 헤매고 있을 때였는데, 깜짝 반갑다. 모두 풋풋한 미혼들. 그 중에도 조은경은 스페인 유학 중 휴가를 내어 합류한 미모의 팀원으로 여행이 끝날 때까지 다들 환전이며 길 찾기며 그녀의 에스파뇰 도움을 받게 되었으니. 그 날도 그랬다. 우리는 마요르 광장의 축제 거리를 대충 돌고는 군중 속에서 지하철을 못 찾아 우왕좌왕 중 한 현지인이 우리 사정을 눈치 챘는지 다가와 지하철을 탄다며 같이 가자했다. 우리 다섯 명이 부인을 따라 줄줄이 지하철역으로 들어간다. 그러나

"이 역은 광장의 축제로 폐쇄되었으니 다음 역으로 가라"고 역무원은 손사래를 치는 게 아닌가. 역 폐쇄는 거기서 끝나지 않았다. 다음 역으로 다음 역으로… 여러 구간의 지하철역을 기약도 없이 걷게 되니 난 벌써 다리를 절고 있다. 표시를 안내려고 용을 썼으나 설미씨가 알아보고 걱정을 한다. 네 번째 역에 닿았을 때 지하철이 운행 된단다. 야호— 그러나 현금은 소용없고 현지 교통카드만 쓸 수 있다니 세상에 이런 낭패가.

다들 오래 걸어온 것이 억울해서 황당 지경인데 우릴 안내해온 페루 아주머니가 자기 카드로 통과할 수 있긴 하지만 충전을 해야 한다고 했다. 즉석에서 2.5솔(한화 약 900원)씩 거두어 건네니 충전을 해오겠다며 그녀는 눈앞에서 사라졌다.

"저 아줌마 들고튀면 어쩌지!" 중얼중얼 걱정들을 하는데. 한참 후 예상을 깨고 그녀는 돌아와 우리의 기우를 일축케 했다. 덕분에 페루 전철을 느긋이 즐겼으니 이건 예상치 못했던 여행의 깨알 팁이 아닐 수 없었다. 취침 전 바늘로 발가락물집을 따고 꾹 눌러두며 '오늘 하루 정말 멋졌징. 페루아주머니의 친절은 내 기억에서 오래 갈 거양' 혼자 중얼거리며 마음이 환해지던 것.

미스테리의 거대 지상화를 찾아라

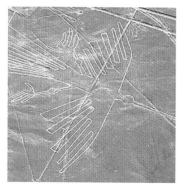
지상화(벌새)

창 밖에서 세뇨리이타 세뇨리-타 불러내는 듯한 새소리에 잠이 깼다. 분명 새소린데 아가씨, 아가씨 하고 부르다니 아마도 이웃에 앵무새라도 있는가 싶다. 멋을 아는 룸메이트 최는 벌써 일어나 베란다에서 담배 연기를 멋지게 날리며 시가지를 내려다보고 있다. 상쾌하다. 어제의 긴긴 도보이동 탓이겠지만 조식도 맛있다. 달랑 빵과 커피와 망고쥬스 뿐인데.

그래서 더 유쾌하다. 죽어도 유쾌해야한다. 30여년을 기다려 온 이 시간여행 아닌가. 대학원시절, C교수께서 신비의 잉카문명, 마야문명 나스카라인에 대해 슬라이드를 틀어놓고 특강을 하신 적 있다. 다 신기했지만 잊을 수가 없는 것은 고대인들이 남긴 한 유물가운데 확대경으로 본 구멍 속을 볼 수 있었는데 구멍 속 작은 조각품들이 안테나 달린 헬멧을 쓰고 우주복장을 하고 있었던 것. 고대인들이 우주인을 보지 않고서야 어떻게 저런 형상을… 그 후 오랜 세월 UFO라던가 외

대패로 민 듯한 산맥줄기

계인이 문득 눈앞에 나타날 것 같은 남미를 동경했다고나 할까.

나는 신비주의자다. 세상 사람들이 믿지 않는 것을 믿기도 하는. 남이 들으면 웃을 일이지만 사실 난 지금도 내가 외계인일지도 모른다는 상상을 버리지 못하고 있다. 유년시절, 작은 오빠는 내가 앞뒤 물색없이 군다고 하신 말씀이겠지만 외계인이라 자주 놀리기도 하셨으니…

"알지 못하는 것에 도달하려거든 그 알지 못하는 곳을 통과하라"
—니시 가즈토모

오늘이 그 날이다. 인류의 솜씨라 믿기지 않는, 누구도 단정 지어 해독하지 못하는 미스테리, 나스카라인Nazca Line을 찾아가는 날.

그래 오늘 통과할 것이다 가즈토모는 알지 못하는 것을 통과하는 유일한 방법은 미지의 세계에 대한 순수감성을 여는 것이라 했다. 의지나 사고思考로 고착된 분별심을 버릴 때 세계가 미지의 그것들이 내게로 와서 속삭일 지도 모를 일.

떨린다, 두근거린다. '어쩜 외계의 내 별에 대한 단서를 얻을지도 몰라.' 부산하게 서두는 나를 보고 룸메이트 최가 한마디 거든다.

"오늘은 이쁘게 입어야겠네요. 당신별의 애인이 도착해 있을지도 모른다며?."

"그렇죠? 예쁜 꽃무늬 부라우스를 입을까?"

정말 부라우스에 목걸이까지 하고 목적지 세스나 비행장 입구로 들어섰다. 팔랑개비처럼 날릴 듯한 경비행기들이 늘어서 있다. 절차도 간단치 않아 몸무게를 재고 엑스레이를 통과한 후 내가 탄 것은 6인승, 기장과 부기장이 탔고 방송은 주로 부기장이 하는 듯. 저 아래 풀 한포기 없는 잿빛 황무지가 끝없이 펼쳐진 가운데를 긴 트레일러가 달리고 있는 직선도로는 아마도 아메리카 대륙을 내리지르는 '판 아메리칸' 고속도로일 것이다. 연신 Right! Left! 소리치며 부기장이 검지로 지상화를 가리켜주는데 비행기 동체가 낮게 기울여질 때마다 수수께끼의 지상화가 선명하게 드러나곤 했다.

"대체 누가 어떻게 저 사암砂巖의 평원 위에 그림을 그렸을까? 비행기를 타지 않고는 볼 수 없는 저 거대 그림을… 옛 문명이? 외계인이?"

비행기는 재주를 넘듯, 좌左로 우右로 동체를 숙이며 돌고래를, 원숭이를, 벌새며, 콘도르, 거미, 나무, 개구리를 보여주었다.

지상화(사람 형상)

그때마다 비명 같은 환호가 터지고 고산증으로 멀미로 얼굴에 노랑꽃이 핀 대원도 벌떡 머리를 치켜들었다 내려놓는다.

풀 한포기 없는 평원에 사행천 같은 물결무늬 같은 것들이 구불거리고 산맥을 대패로 반듯하게 밀어버린 듯한 고지에 선명한 거대 세모나 네모들. 대형 컴퍼스나 자로 정확히 그린낸 듯한 여러 도형들이며 선들은 마치 UFO가 내려앉기 위한 활주로나 신호체계 같기도 했다.

이들 지상화 북서쪽 30km 지점에

위치해 있는 '차우치야 묘지 Cementerio de chauchilla'는 잉카문명 이전부터 존재했다는 나스카문명 때 만들어진 무덤이란다. 기원전 300년 전에서 서기 100년에 만들어졌다고 추정되며 지하로 넓게 파서 돌로 벽을 두른 묘지에는 쪼그리고 앉아있는 형태의 여자미라와 두개골, 뼈들이 안장되어 있는 가운데 소장품으로 추정되는 토기와 일부 직물도 머리카락도 그대로 남아있다고. 이들 모두가 쪼그리고 앉아서 동쪽을 향해 태아처럼 앉아있다니… 아마도 태양숭배사상 때문일 터? 가이드북의 설명에 의하면 나스카라인이 나스카 피라미드 쪽으로 향하고 있다고 한다. 그러니 이집트의 피라미드와 미라, 멕시코의 피라미드와 미라, 나스카의 피라미드와 미라 등 서로 다른 지역에서 비슷한 문명이 발달한 이유와 비슷한 신화로 해서 학자들 사이에는 외계문명설 혹은 외계인이 개입되었다는 설을 주장하거나 논란이 되기도 한다는데.

경비행기가 두어 바퀴를 더 돌아주곤 Last! 하는 부기장의 목소리에 고꾸라질 듯 비행기 옆구리를 숙여주니 아― 거기 거인이 서서 손을 흔든다.

산자락에 선명하게 그려진 그림, 두 눈이 커다란 우주인 아니 외계인 같다. 마치 외계에서 나를 만나기 위해 홀로그램처럼 드러난 사람형상처럼. 나는 온 몸을 틀어 멀어지는 남자에게서 눈을 떼지 못한다.

여기는 외계인의 캔버스였을까. 아니면 우주선 착륙지였을까? 현재까지의 고고학적 발견 중에 20세기 최고의 수수께끼라는 그대여

안녕 나스카. bye―

길 위의 길

잃어버린 공중도시를 찾아서

진정한 여행이란 새로운 풍경을 보는
것이 아니라 새로운 눈을 가지는 데 있다
— 마르셀 푸르스트

잉카, 그곳에 서면 발밑으로 안개구름 흘러갈 것이다.

그곳에 서기 위해 나스카에서 버스로 6시간을 달려서 다시 리마로 돌아왔다.

10월 21일, 쿠스코 행 국내 비행기를 타야했으므로. 그러나 이 프로젝트는 다시 오리무중으로 잠적해 버린다. 비행기가 뜨지 않는다는 것. 쿠스코에서 페루 시민폭동이 일어났다는 것? 세상에!

열정적이고 다정다감하다는 라티노들의 분노라고… 하필 이때.

인솔팀장 Mr.손의 낯 색이 매우 흐림이다. 여기서 인솔팀장은 가이드가 아닌 항공, 버스 등 예약업무에만 한정되어 '그에게 아무것도 묻지 말라'가 강조사항이었으니….

하필 쿠스코 행 여객기가 안 뜬다니.
꾸스께냐나 마셔?

힘이 주욱 빠진다. 이틀이 걸릴지 사흘이 걸릴지 기약도 없는 모양인지라 이 긴 시간이 갑자기 비계덩이마냥 끈적하게 들러붙는 느낌은 어쩔 수 없다. 센트로며 전통시장을 서성이다 급기야 공연히 억울하단 생각. 소중한 시간을 헛되이 낭비한단 생각에 솔솔 일어나는 짜증이란 놈을 금강경 한 구절로 덮어 눅인다.

"수보리야 아뇩다라 삼먁삼보
리 가운데는 실實다움도 헛됨도 없
느니라."

그래. 급할 것도 겁날 것도 없지. 달빛은 은은하고 종이꽃 같아 질
색하던 새빨간 부겐빌레아 꽃도 달빛에 젖어있다. 아무도 안보인다 페
루맥주 꾸스께냐는 포기하고 노란 잉카콜라나 마실까.

소나기도 하루 종일 쏟아 붓는 이상한 일은 하지 않는다더니 아직
날도 밝지 않았는데 이 방 저 방 와— 하는 환호소리에 놀라 깼다.

마치 간당간당 잘 풀리지 않다가 막 판에 끝내기 안타로 슬라이딩
세에이—프! 양팔이 허공을 가르듯 펼쳐지며 단호하게 소리치는 주심
의 판정에 와—기립하는 군중들 마냥 방마다 두들기며 Mr.손이 낭보
를 전할 때마다 잠에서 벌떡벌떡 일어났다. '항공로가 다시 개통되었
다고…' 우중중하던 날씨가 확 개는 기분이 바로 이런 거?!

오전의 열기가 익어가는 10시 40분, 마추픽추를 향한 기대만발로
아이들처럼 동동 뜬 표정들이 쿠스코 행 LA2021기를 탑승한다. '우리
는 세상의 배꼽으로 날아 간다—아' 다들 소리치고 싶은 듯.

안데스 산맥에 자리한 마추픽추는 해발 3,400m의 시에라(산지)
로, 잉카인들이 세웠고, 그들이 살았다는 것을 빼고는 아무 것도 밝혀
지지 않은 곳. 모두 추측만 무성할 뿐이다. 오랜 세월 사람들의 기억에

하이럼 빙엄(Hiram Bingham)

서 잊혀져 있던 이곳은 1911년 미국, 고고학자 하이렘 빙험이 탐험 중에 발견하여 '잃어버린 도시'라 처음 명명했다고. 산 아래서는 전혀 보이지 않던 버려진 도시, 그 규모의 방대함에 믿을 수 없는 비쥬얼에 얼마나 놀랐을까?!

단언컨대 심쿵을 넘어 쇼크였으리라.

미쳐야 미칠 수 있다(정민)
그리하여 불광불급不狂不及이라

고집스럽게 자기 길을 가는 사람들이 있다. 광기狂氣의 사람들, 어딘가에 몰두하여 자신의 일밖에는 보이지 않는 사람들, 그들이 역사를 만들고 세계를 변하게 한다는 믿음이 내게는 있다. 불변의 본질 또한 그 변화 속에 담겨 오늘에 이른다는 믿음도.

내 거울 속에도 매일 다른 여자가 갸우뚱 앉아있다. 시간의 옷을 딱 그만큼 두르고 앉은 '다른 나', '동일한 나'.

어제의 나는 정말 '나'였을까. 아니면 '나'라고 고집하는 것일까.

인도의 용수보살, 니가르주나는 '일체가 없는 공空이라' 했으니 그러면 자기도 없는 것이니 없는 것이 주장했으니 그 주장은 헛개비 같은 것일 뿐 '참이 아니지.' 라고 중얼대며 내 안의 또 다른 내가, 없는 내가 뭐라 뭐라 한다.

나는 상상한다. 저 오랜 시간을 건너온 유적들은 역시 인간의 DNA속 반짝이는 호기심 때문일 거라고. '의지'라는 지렛대를 업고 제 안의 추상적 능력을 끌어내 구체화시킨 결과물이라고. 눈이 부시다. '인류'라는 족속. 데리다라면 흔적이라 했을까. 저 유형의 무형의 인류유산들을 두고…

아직 오지 않은 내일을 상상한다. 놀랄 준비가 되어있는 내가 이쁘다. 이 순간만은 실존하는 '나'라고 공空이 아니라고 상상하고 싶다. 설령 없는 내가 없는 망상을 한다 치더라도.

'시인이 상상을 멈추는 것은
나무가 꽃피우기를 포기하는 것과 같은 일.'

문득 방송음성이 내 상상의 고요영역 속으로 뛰어드는 것이. 도착인가? 반 고리관의 융털 돌기들이 일제히 넘어지며 소리의 파동에 휩쓸렸겠는데 소리만 들어올 뿐 의미가 잡히지 않는다. 앎과 모름의 차이일 거다. 징글징글한 에스파뇰! 우리는 공항에 내리자마자 계속 어딘가로 통화를 시도하던 팀장 Mr.손의 미심쩍은 안색과 함께 또 난감에 빠져야 했다.

"비행기로 오긴 왔는데 숙소가 있는 쿠스코까지 이동할 차량이 없다네요. 시위 때문에 아직 버스도 봉고차도 출입통제 중이라. 9km이상 걸어야 할 거 같아요"

안색이 헬쑥한 몇 분이 걱정되기도 했지만 출발이다. 다들 등짝에 혼자 지려면 몸이 휘청 돌아가 버릴 정도의 무거운 배낭을 지고 또 몇몇은 이민가방 같은 큰 수트케이스를 끌고 끙끙 걷기 시작한다. 속이 메스껍다. 나이도 성별도 상관없이 찾아온다던 고산증인가? 고산증엔 비아그라가 직방이라고 했는데. 뭐 별일 있을 라고 '목발도 지팡이도 기댈 사람도 없이 혼자 먼 길을 나선다는 것은 바보라'고 베르베르는 말했지만 그 '바보'를 즐기는 나는 바보 중에도 상 바보다. 겁도 의심도 없이 나서는 바보, 하룻강아지 같은.

변두리 마을을 통과하면서 내내 인디오들의 샛골목을 훔쳐본다. 잉카의 후예일 그들 삶은 척박하기가 이를 데 없었다. 사방천지 바람에 날리는 허연 휴지조각, 검불들, 쓰레기통을 뒤지는 길냥이들, 내복이 짧아 배꼽이 나온 아이는 제 코딱지를 파먹고 섰고, 찔찔거리고 흐르는 오수들. 군데군데 열지어선 군인들 탓에 더 을씨년스런 분위기다.

알 수 없는 분노가 치민다. 우리의 60년대 미아리 어디, 봉천동 어디 같다. 게딱지처럼 붙어있는 함석집들 흙집들, 관광객이 사철 풀어

놓는 돈이 얼만데… 저렇듯 삶이 곤궁하다.

믿기지 않는 낯선 풍경 속으로
나를 들여보내며

우울모드인 이 저물녘, 나의 영혼은 어디에 있는가?!

자주 트래킹을 다녔어도 길들지 않는 내 발, 계속 비명이다. 발과 뇌가 다툰다. 택시를 타라고ㅡ. 시꺼, 걸어야 한다니까ㅡ. 머잖아 로봇의 시봉을 받을 인류는 발전임에 틀림없지만 인간 개개인은 갈수록 퇴화되고 있는 중. 친구의 전화번호 하나도 불러낼 수 없다. 두개골 속에 세상의 모든 지식 칩이 심어지기 전에 팔다리와 뇌가 퇴화되고 생각이라는 인간만의 명함이 소멸되기 전에, 한 호흡 한 호흡. 나를 느끼고 그대를 느끼고 그대의 마음을 만지고 싶다.

산동네서 흘러나오는 단조의 멜로디가 쓸쓸하다.

팬플룻형의 전통악기, 삼포니아zamponia 일 것이다.

어디 앉아 쉴 데도 없이 걸어걸어 숙소, CASA ANDINA,다. 집에서 가져온 믹서커피 보따리는 터질 듯 팽팽해져 있다. 낮은 기압 탓이리라.

호텔에 들자마자 로비의 총각을 향해 "올라hola! 반뇨BANO?" 급

유럽의 동물원에 전시되기 위해 잡혀가는 셀크남족. 1889년

한 듯 화장실을 물으니 환히 웃으며 검지를 들어준다. 합격이다. 저 웃음이라면 세탁물을 맡겨도 사흘 후 다시 이곳을 들를 때 찾아다 줄 것이다. 으슬으슬 한기도는 몸들이 홀에 비치된 뜨거운 코카잎 차로 위안을 받으며 여권을 꺼내어 숙박계를 쓴다. 거의 날마다 하는 일.

여기는 쿠스코, 세계의 배꼽이다

조반을 끝내자 지도를 얻어 스프링처럼 튀어나간다.

쿠스코는 안데스 산맥 해발 3,400m 지점의 분지에 있는 잉카제국의 수도. 현지어로 '세계의 배꼽'이라는 뜻이라 했다.

스페인의 피사로는 1532년에 500년 동안 평화롭던 쿠스코를 함락. 잉카의 궁전과 신전을 부수고 그 자리에 유럽풍의 궁전과 종교 건축물을 세웠다. 그 뿐이랴. 현지인을 잡아 유럽의 동물원에 팔아 넘기기도 했다니. 쿠스코의 심장이라 할 아르마스 광장에 장엄하게 자리 잡은 대성당La Catedral del Cuzco, 이 건축은 1550년부터 약 100년에 걸쳐 완공되었다고 하니 얼마나 많은 잉카의 원주민들이 그 노동과 박해에 시달리며 죽어갔을까. 유럽 동물원에 전시되기 위해 잡혀가기도 한 셀크남족도 있었다니. 성당 내부 역시 호화판으로. 은 300톤을 녹여 만든 주 제단과 세공품들이 전시되어 있으되. 당시 황금은 모두 스페인으로 몰수해 간 상황. 아마도 스페인왕은 여기가 황금의 전설을 가진 엘도라도 쯤으로 알았던 게다.

무엇보다도 거기 사파타가 그린 〈최후의 만찬〉은 잉카정신을 표방한 백미로 레오나르드 다빈치가 그린 〈최후의 만찬〉과 비교되는 작품이라 하겠다. 즉 만찬테이블에 놓인 음식이나 과일은 잉카의 것들이며 와인대신 차를, 유다의 자리엔 정복자 피사로가 그려져 있어 세간의 이목을 집중시켰던 것. 해서 꼭 보고 싶었다 그런데 무슨 일인가. 많은 군인들이 대성당을 에워싸고.

저 아래로부터 함성 같은
군중의 외침소리가 밀려온다.

누가 그들을 거리로 내 몰았는지 분노의 시발점이 보이는 듯했으니.

사철 관광객이 몰리는 잉카의 유적지 일대 인디오들의 관광수입을 부패한 페루정부는 거의 몰수하다시피 한다했다. 그 결과 원주민들의 궁핍한 삶은 가중되어 가끔 이런 민중시위가 일어난다는 소식을 들었었다.

"에쎄따또(Estato)! 제스페르따르(despertar)! 오뻬스또(opesto)!

2015년 10월 22일 군중시위속 필자(흰모자 오른쪽)

2015년 10월 22일 군중시위 후, 시위에 참여했던 관광객. 유일한 동양 얼굴이 필자다.

오뻬스또!"(정부는 각성하라! 돌려달라 돌려달라!)

질서정연한 평화항쟁이다.

무엇이 나를 그리로 밀어 넣었을까. 자유 투어를 작파하고 용수철인 듯 튀어 대열 속으로 뛰어들었다. 두 번째 줄 큰 플래카드 바로 뒤다. 인디오들과 함께 행진하고 있던 백인 관광객, 내가 뛰어들자 'Where are you from? I came from France'라며 금발미녀는 들고 있던 피켓을 나에게 넘겨준다. '에라, 모르겠다. 오늘 하루 이들과 함께 하는 거다!' 어제 저녁에 본 달동네의 참담함에 대한 분노가 다시 기름을 부은 듯 그들과 함께 구호를 소리쳤다.

한 브라질 할머니는 페루의 폭동 사연을 듣고 아침 일찍 비행기

잉카의 건축술 -12각돌

로 날아왔다며 얼떨결에 참가한 백인 청년들에게 왜 함께 해야 하는지 정의로운 사회가 어떤 것인지를 영어로 일러주는 모양인데, 내겐 그저 토막 단어들만 들렸다. 군인들이 사이카를 타고 내달리며 긴장을 조장하고 멀지 않은 곳에서 총성도 들려왔다.

어느덧 시위대 앞으로 방송국 카메라가 인터뷰를 하는 동안. 얼른 옆으로 빠져 대열에서 벗어났다. 못 하는 영어도 문제지만 한국 뉴스에라도 나왔다간 낭패라는 생각에…

초저녁. 한인부부가 하는 식당 '사랑채'를 찾아냈다. 근 열흘 만에 먹는 한식, 내 혓바닥의 미뢰들이 와후—소리치는 듯했으니.

가벼운 걸음으로 잉카박물관을 돌고 오른쪽 작은 골목으로 틀자, 잉카시대 석재건축 기술의 진면목을 볼 수 있는 '12각돌' 앞이다. 12각의 돌을 에워싼 크고 작은 돌들로 빈틈없이 정교하게 짜 맞춘 석벽 앞에서 중얼중얼. "어떻게 운반해오고 무슨 수로 짜 맞추었느냐 말이야." 가장 큰 돌 하나만도 361톤, 잉카인들은 돌을 밀가루 반죽 주무르듯 했나? 종이 한 장 들어갈 틈이 없다.

마추픽추에서 와이나픽추를 올려다 보다

오늘은 잉카의 옛 영지에 오르는 날. 청보라 새벽이다.

키푸(결승문자)

마추픽추란 잉카인들이 사용했던 케추아어로 '늙은 봉우리'라는 의미. 세계 7대불가사의인 유적지의 잉카제국은 콜럼버스 이전 아메리카에서 가장 거대한 제국이었다. 안데스산맥을 중심으로 넓게 퍼진 방대한 제국의 잉카 문명은 계단식 농법, 석재기술 말고도 '키푸'라는 결승문자를 사용하여 매듭과 색깔로 정보를 기록하기도 했다

쿠스코에서 열차로 4시간을 달려 우루밤바 강이 흐르는 오얀타이탐보 역에 도착해서 또 기차를 기다린다. 옆구리에 Peru Rail이라 쓴 기차가 들어오자 티켓 수령도 못한 채 모두들 기차에 대롱대롱 매달려 아우성이라니 전쟁터 피난민을 방불케 한다. 대원들을 끄집어 태우느라 마구 긁힌 Mr.손의 오른손도 피투성이. 좌석은 있으나마나다. 1시간 정도의 산중을 달려 마추픽추 아랫마을 아구아스 칼리엔테스에 내려서도 또 늘어서야하는 끝이 안 보이는 줄. 줄. 줄.

어디서나 기다리는 시간이 타는 시간보다 길게 느껴지고. 겨우 승차한 셔틀버스는 20분을 지그재그로 왔다리 갔다리 올라가 마추픽추 매표소 앞에 사람들을 부려놓는데 이게 다가 아니다.

꼭 천국의 입장권이라도 되는 양 까탈스러운 것이 매표소에선 여권검사에서부터 나이, 이름, 성별, 국적 등 기록할 것이 많고. 완전 혼

석벽과 계단발

자라면 차라리 나은데 혹여 팀에 민폐라도 끼칠까 전전긍긍, 나 같이
허술한 사오정에겐 짜증나고 힘든 곳. 급기야는

"별다괴세(별게 다 괴롭히는 세상) 이다무소(이게 다 무슨 소용이람)?!"

즉석으로 디지쿠스적 축약어를 지어내 투덜거리니 검사원이 뭔
말인가 하고 날 외계인보듯 쳐다 본다. 내가 이런 델 오겠다고 평소 안
하던 낡은 애교(오래 묵은 이에겐 낡은 애교가 먹힌다)까지 떨고 왔나 싶을
지경이다.

마추픽추

그러나 곧 마추픽추의 장엄 앞에서 침묵 또 침묵. 아흐흐.

안데스 문명은 BC 1000년 경. 페루의 고원지대에서 태양신을 섬기며 싹텄고 그들 거주지의 척박함으로 해서 잉카족들은 왜소하고 땅딸한 체구로 남녀 공히 평균 키가 150cm이하. 그러나 폐활량은 타 종족보다 3배 이상이었으니 고원지대에서 살아남기 위한 조건으로 진화했음에 틀림없다. 실제 필자가 본 인디오들도 그랬다.

잉카의 첫 통치자는 망고캬팍. 왕족은 순수혈통을 지키기 위해 근친혼으로 세습되었다. 황제는 누이와 결혼해도 되지만 황제 외는 불가不可라고. 화강암으로 만들어진 해시계, 인티우아타나를 들여다본다. 단순한 해시계가 아니라 태양을 붙잡아 바위에 묶어 놓기 위한 성소였다. 이 높고 추운 곳에서 해가 없어질까 봐 얼마나 마음조리며 살았을까.

그 외에도 농법을 연구하던 거대 원형계단의 모라이며 태양의 신전, 성스러운 샘 등을 둘러보고 안개비 속에서 좁은 폭의 계단식 밭들이 이어진 와이나픽추 쪽을 아득히 올려다보는데 문득 보라색 감자 꽃을 들여다보고 있을 잉카의 아이가 눈에 보이는 듯하다. 색동털모자를 쓰고 바람에 뺨이 빨갛게 텄을 아이.

이 산정의 날씨는 하루에도 여러 번 추웠다가 더웠다가 안개이다가 변덕을 부리고 그때마다 다른 풍광을 보여주어 더욱 신비롭다. 지금은 8분전에 출발한 햇빛이 내 이마에 당도하여 따갑게 쏘아오고.

옆엔 언제 왔는지 목이 길고 털빛이 반드르, 잘생긴 라마가 선한눈빛으로 날 쳐다보고 있어 한번 쓰다듬고 싶지만 참는다, 현지에서 '야마'라 불리는 이 착한 동물도 마음에 안 들면 낙타처럼 침을 뱉는다고.

'굿바이 소년'의 유쾌한 아르바이트에
다들 빵—터지다

그새 비가 오고 하산이다. 셔틀버스 차창 밖을 내다보면 특이하게도 모롱이를 돌아설 때마다 '굿바이 소년'이라는 아이가 산길에 서서 손을 흔들어 준다. 보는 이들은 같은 옷을 입은 소년들이 각자의 위치에서 손을 흔드는 것으로 생각하기 십상. 그러나 이건 착각이란다. 사실은 한 아이가 계속 지름길인 계단을 내리뛰며 이동하여 인사를 하는 거란 설명에 모두들 오 마이 갓!

버스가 마을까지 내려오면 '굿바이 소년'은 버스에 올라 작별 인사를 하고 승객 중 후덕한 사람이 고마움의 표시로 사례금을 준다니 굿바이 소년은 아르바이트를 하는 셈. 아무튼 유쾌한 아이디어가 아닐 수 없다.

팀을 기다리는 동안 아구아스 칼리엔테스 마을 찻집에 앉아 빗소리를 듣는다. 그새 물이 불어 창밑 우르르대는 냇물소리며 스페인 식

붉은 벽돌 처마에 낙숫물 지는 소리 촉. 촉. 촉 낭만이다. 그렇게 아름다운 하루가 저무나보다 했다. 그러나 아니었다.

페루에는 페루타임이 있고
어제가 오늘에게 낯선 시간을 건네 준다

기차가 딜레이 된다고? 고장인가?

20분쯤 늦을 거라더니⋯ 한 시간 두 시간 세 시간 역 마당에 가득 늘어섰던 여행객들이 주저앉기 시작했다. 이상한 건 어느 누구도 불평이 없다는 것 오히려 맞은편 라틴계 꽃떼들은 합창까지 하며 술을 돌리고 즐기는 열정을 펼치니, homo ludens(유희하는 인간)를 확인하는 현장이다.

비는 추적거리고 우리도 배꼽시계에 졸리다 못해 역 바깥식당에서 뜨끈뜨끈한 페루식 덮밥 종류를 시켜먹는다. 이 모두 에스빠뇰을 유창하게 구사하는 은경님과 옥경님이 자주 역구내의 상황을 전해 주고 밥을 주문해주고⋯ 대원들의 입과 귀가 되어주었던 것.

추위로 역 마당에서 옹기종기 웅크린 모양새들은 꼭 난민들의 몰골인데 잠이라도 들면 영락없는 잉카의 미라, 얼음공주를 떠올린다. 얼음 속에서 발굴되어선지 피부며 머리카락이 살아 숨 쉬는 듯한 그

얼음소녀 미라

소녀를 보는 듯.

얼마나 더 지났을까. 열차가 와글와글 승객들을 쓸어 담고 역을 나간다. 다들 기다림에 지친 목 고개를 외로 꼰 채 곯아 떨어져 있다. 나는 가이드북을 꺼내 잉카의 생활상을 훑는다. '지위가 낮을수록 아내를 적게 두었고, 열여덟 살이면 성인, 스물다섯에서 쉰이 되기까지는 가장으로서 농사를 짓고 군복무도 하는 중심 층이며 노약자나 장애인은 국가가 보살폈을 뿐만 아니라 예순에서 팔순의 원로들은 남녀를 불문, 아무 일 하지 않아도 되는 국가의 연금 생활자들'이란다. 참으로 합리적인 법 아닌가?

문득 책에서 머리를 드니 철길은 협곡을 달리는지 열차의 차창 밖으로 보이는 아득한 벼랑 그 중턱쯤에서 한 줄기 쏟아지는 폭포가 눈에 들어오는 순간 내 동공은 호랑이라도 본 듯 '앗—저기 저 바위 위의 얼굴(face on the rocks) 사진에서 봤는데 계 탔다.'

꿈속처럼 잉카의 바위 얼굴을 조우할 수 있었다니. 얼굴폭포, Faccha fall은 수크레시티에서 309km 떨어진 아후르두이(Azurduy)에 위치하고. 사람 얼굴의 형태를 한 이 바위의 모양은 물의 침식과 자연 비바람에 의해 형성된 것이라니 믿기지 않는데.

나만 본 것인가? 그럼 지금 아후르두이 근방을 달리고 있는 건가? 여전히 열차 속 풍경은 떠들거나 자고 있다. 내가 헛것을 본건 아니겠지? 태양신으로부터 꿀 팁을 하사받은 듯. 아니면 짝사랑하던 사람에게서 선물이라도 받은 듯 가슴이 쿵다닥 댄다. 이 사건은 분명 '72초짜리 드라마'다. 극히 짧고도 극적인…

바위 얼굴

하늘호수, '티티카카' 물이 어찌 저 아득한 높이에

로컬버스로 8시간을 달려 페루와 볼리비아의 국경도시 푸노 (puno)에 닿는다. 시월 하순은 여름의 초입, 푸노는 비가 부슬거리고 국경의 바람은 이방인을 거부하듯 쌀쌀맞다. 고도계는 해발 3,850m, 세상에서 가장 높은 하늘호수, 티티카카를 가려면 국경을 넘어야하고 출입국사무소에서 비자를 받고 구멍가게 같은 환전소에서 환전을 해야 하는 나는 늘 꼴찌로 통과한다. 더듬거리는 내가 영문 철자라도 틀

티티카카 갈대배를 타고

리면 두 번 세 번 작성하고 다시 쓰고 또 쓰고…

볼리비아로 넘어가는 국경은 도로에 쇠줄 하나 달랑 낮게 걸쳐놓은 게 전부다. 사실 국경이란 게 인간이 그어놓은 금줄일 뿐 새나 풀씨들에게 무슨 상관이랴. 국경의 고갯마루에서 볼리비아 버스로 갈아타고 아득히 펼쳐진 티티카카호수를 따라 눈이 달린다. 바퀴가 달리고 새털구름을 머리에 인 유목의 마음이 달린다.

가도 가도 물. 물. 물. 호수 속 둥둥 떠다니는 구름. 구름.

시간의 물살 위에서 사물들이 목숨들이 순간을 낯설어하며 흘러가고 있다. 누가 시간이란 무형의 존재를 발견했는가. 누가 시계를 발명하여 유형화 시켰는가. 우주는 하나이면서 하나가 아닌 모래의 허

티티카카호수 곡식을 빻고 있는 남자

공, 저기 산 구름 바람 물, 모래로 흐르지 않는 무엇이 있더냐. 내 의식의 스펙트럼이 깃을 치며 뻗어가고 있음을 내가 보고 있다.

'나의 안과 밖은 내 몸을 경계로 삼는가
내 의식을 경계로 삼는가?'

먼 시원을 돌아온 내가 여섯 살의 나를 관람하고 있다. 무대는 쓸쓸하지만 환하고 들판엔 알 수 없는 것들로 가득하며 천천히 아주 천천히 이어지는 나무의 이야기 속에서 혼자 놀던 그 아이, 지금은 날마다 낯선 풍경 속으로 저를 들여보내며 외방의 뜰을 떠도나본데 짜라투스트라는 이렇게 말했다.

"지금의 인생을 다시 한 번 완전히 똑같이 살아도 좋다는 마음으로 살거라"

세상에서 가장 큰

거울,

우유니 소금사막 속으로

명상이란 생각을 그치는 것이다.
그것은 강처럼 흘러 넘치는 소리 없는 음악이며
무위의 자유 속으로 날고 있는 침묵이다
— 크리슈나 무르티

나는 에우리알레* 멀리를 떠도는 여자다. 밤을 달린다. 깜깜한 허공을 뚫어내며 밤의 동굴 속을 용암처럼 흐른다 해야 할까. 나는 얼마나 멀리 나온 것이냐? 여행루트의 절반을 꺾어서고 있다. 나를 뺑뺑이 돌리는 현실로부터 튀어나와 내 안의 참 나를 찾아보겠다고 길바닥에 나선 것이겠는데 인간은 유한하다.

유한하기에 저 무량한 무한을 좇아 달려보는 것. 후슬이 말했던가 "현상과 본질은 다를 수 있다고. 나는 어느 날 역사 속으로 들어왔다. 이 초록별 속으로 들어 온 것은 행운일 것이다."라고

여행은 내 안의 나를 꺼내는 시간

불행감이 자주 출몰하는 건 개인의 문제일 뿐 행운이라는 말에 동의한다. 나도 역사 바깥에 나가본 적이 없고 공기 바깥에 나가 본 적이 없지만 늘 나는 지구 바깥으로 떠나기라도 할 듯이 문을 나서는 것이다. 이번에도 조국의 붉은 가을을 거기 두고 지구의 정반대 쪽 모래 먼지 속을 헤매고 있는 여자.

* 떠돌아 다니는 신화 속의 여신.

로컬버스

열다섯 살의 니체는 말했다.

"우리의 조국은 어디에나 있고 아무 곳에도 없다"고. 그렇다. 인류
가 사는 곳은 모두 조국이 아니겠는가. nowhere '아무데도'라는 부정
어는 now here '지금 여기'라는 긍정어로 자리바꿈되는 것. 니체가
이 말을 염두에 두고 썼든 아니든 그는 천재였다. 세상이 하나의 조국
이라면 종교전이건 경제전이건 이념전이건 전쟁이 필요 없을 것이다.
"내가 이렇게 똑똑해도 좋은가!"라는 그의 일갈을 두고 이십 대의 나는
그의 당당한 자신감이 얼마나 싱그럽고 멋졌던가. 이 문장은 니체 이
외 어떤 누구도 쓸 수 없는 고유 상표 같은 것이라고 나는 그의 천재를

인정해 버린 것이다.

계속 버스는 밤길을 뚫어내고 있다. 거의 포장되지 않은 산길, 너덜 길을 너덜너덜 달리는 모양이다. 버스길 12시간, 우기에 길이라도 유실되면 14시간이 소요되리라는 우유니 행 로컬버스다. 그러니 나는 하릴없이 시간의 테이프를 뒤로 되감거나 가능하면 우주까지라도 날아가는 상상력을 불러내야 할 판이다.

남미의 버스는 '까마 스위트', '까마', '세미까마'로 나눈다. 까마는 스페인어로 침대라는 뜻인데, 좌석이 넓고 뒤로 많이 젖혀질수록 비싸다. 까마스위트의 경우는 160도까지 젖혀지고 세미까마는 일반 좌석과 비슷하다고.

버스 운전석에는 2인의 운전기사가 자리하고 있어 교대로 달린다. 창밖은 거의 보이지 않는데 외기 때문인지 김이 서려 부연 바깥은 산악을 달리는지 숲을 달리는지 알 길이 없고 춥다. 안팎 일교차가 20℃정도 난다니… 침낭을 꺼내어 여차하면 기어들어가야지 하고는 헐렁 바지 하나를 덧입어 준다.

식물도 기억하고 판단하고 진화하고 있다

지금은 초봄이란다. 그래설까 추운 바람 속에도 파릇한 풀빛 앙상

한 가시가지에 꽃 비슷한 것이 발긋발긋 보이기도 했었다. 이 매운바람 속에서 어떻게 봄이 오고 있다는 걸 알고 꽃을 예비하는지. 최근 주목받는 분야가 식물의 기억력이라는데.

식물은 두뇌가 없는 대신 그 기능을 잎과 줄기, 뿌리 등 몸 전체에 네트워크로 연결해 수행한다고. 최근의 연구 결과는 식물은 우리가 짐작하던 것보다 훨씬 '똑똑하다'는 것.

어떤 식물은 꽃의 꿀에 카페인물질을 분비하여 꿀벌이 자주 들르게 중독시키기도 하는데 이런 전략은 식물의 55%에 퍼져 있다 하지 않는가.

그리고 보면 목숨 가진 것이라면 다 아름다움이 어떤 것인지 본능적으로 안다는 사실이다. 그토록 보드레한 꽃잎과 실눈을 뜨게 하는 향기와 시선을 사로잡는 선연한 꽃빛의 전략. 저들은 어떻게 그런 것들이 아름다움이란 걸 알고 진화할 수 있었을까.

나는 식물 경배자다. 그 크기나 향이나 능력 면에서 미학적 측면까지도 동물을 능가한다고 생각한다. 남을 해치지 않고도 자신을 발전시킬 줄 알고 멀리까지 제 자손을 퍼트릴 줄 안다. 그 뿐이랴 우리 집 창가에 흙 한 톨 없이 대롱대롱 매달린 채 새 촉을 내고 꽃을 피우는 에어플랜트인 하리쉬라든지 카풋메두사, 수염 틸란이들. 얼마나 신비로운가. 내가 남미 사막을 다녀오는 동안에도 이오난사는 공중에서 보라꽃을 피우고 나를 반겨주었었다. 이런 경이로움에 나는 생명을 관장

천 년 자란 이끼형의 야레타. 딱딱한 돌 같은데 이끼란다.

하는 神이 계시다고 믿지 않을 수 없는 것이다. 그가 하느님이든 부처님이든 자연 그 자체이든…

'꽃의 빛이나 향기를 해치지 않고도 꿀을 가져가는 벌처럼
지혜 있는 사람도 그러할 지니.' —법구경에서

우리의 로컬버스는 두세 시간을 달린 듯. 내 좌석은 2층 14번. 보름달이 따라오고 있다. 그런데 별들은 어디로 숨었을까. 전등불빛, 전봇대 하나 없는 들판 길… 보름달이어서 그런가, 여기도 고지대이니 아마도 이끼류의 연초록 방석같은 야레타—남미고원지대 바위에 붙어 서식하는 이것은 생장속도가 느려 찜빵쟁반 정도면 천년을 생장한 것으로 돌처럼 딱딱한 이끼덩어리—옆에서 어린 자칼이 휑하니 두 눈알에 불을 켜고 덜커덩대며 달리는 버스를 지켜볼지도 모르겠다. '저건 무슨 동물인고? 걸렸다간 국물도 없겠다'며 가느다란 다리가 달달달 떨릴지도…

보름달이 휘영청 높다.

어제 라파스에서 본 '달의 계곡' 지금쯤 대낮처럼 환하리라. 세상에서 가장 높은 수도(해발 3,652m) 라파스의. 규모는 그닥 크지 않고… 가난한 볼리비아에 들어서면서부터는 흙먼지 풀풀거리는 거리에 건물들은 올리다 만 것처럼 철골들이 그대로 노출되어 나간 동네 같이 어

수선한데 비해 라파스는 포장도로에 성당과 광장과 박물관들이 자리 잡힌 도시다. 거리는 인디오들이 많고 순박해보였으나 가파른 골목길 엔 노점상들과 주술용품을 파는 마녀시장에 소매치기나 경찰을 사칭 하며 여권을 탈취하려는 사기꾼들이 있다고.

달의 계곡을 적시던 선율
'El Condor Pasa'

우유니 행은 밤차다. 출발전 낮 동안 달의 계곡을 룸메이트와 들 렀다. 과연 나무 한그루 없는 달의 표면이라 할 만큼 크레이터와 민둥 봉우리들의 경이로운 풍경이다. 역시 어느 고대에 늪 한 곳이 솟아올 랐던지 물자갈 섞인 진흙으로 이루어진 것이 아름답다기 보다는 기괴 한 지형이다.

그런데 어느 순간부터 귀에 익은 '엘 콘도르 파사'El Condor Pasa 선율이라니… 사방을 빠르게 스캔하며 소리의 진원지를 찾는다. 오누 이 봉우리 옆 높은 암석 위 한 사람이 베짱이처럼 허리를 좌우로 흔들 며 피리를 불고 있다. 안데스음악이 왜 슬픈 바람의 노래라 하는지 'El Condor Pasa'나 '험한 세상의 다리가 되어'를 들어보면 알 수 있는 것….

달의 계곡 피리 부는 남자

하루에 딱 한 번의 연주라는데… 역시 우린 행운이 따르는 여자들. 멀리 옷자락 펄럭이는 피리 연주자의 멋스러움에 손바닥 키스를 마구마구 날리기도 했는데… "이런! 이런!" 쯧 돌아가려고 출구를 막 나서는데 옆 화장실에서 나오는 '그 남자' 그 고운 선율과는 어울리지 않게도 거무틱한 얼굴에 투덕투덕 아무렇게나 생긴 짧은 목의 인디오 아자씨였던 것. "에이, 안 봤으면 좋았을걸…" 우린 마구 날렸던 손바닥 키스를 뱉으라고 하고 싶다며 깔깔대었다.

유쾌한 '한 여름 낮의 꿈' 같았던 그 시간, 그토록 뜨거운 계곡의 시간이었는데 지금 버스 속은 넘 춥다. 기침이 캑캑 나오려고 목이 간지럽다.

하늘마을,
타킬레 섬의 신비를 떠올리며

버스는 좌로 우로 위로 아래로 고불고개를 넘어가듯 흐른다. 김이 가신 창밖의 보름달은 버스를 호위해 주듯 앞서가다 한순간에 중천으로 떠올라 달무리를 동그랗게 말고 있다. 이제 좀 자 볼까 하는데 한 자리 건너에서 "다롱— 다르르—" 코고는 소리가 그리 시끄럽지 않아 다행이었다. 아이인가 했더니 털모자 방울이 오른쪽으로 떨어져 있다.

그러고 보니 뜨개질 판초를 두른 타킬레 섬 총각인가보다.

우유니로 출발하기 전에 티티카카 호수의 여러 섬 중 그리도 예쁘다는 타킬레 섬에 들렀었다. 거긴 바퀴달린 건 아무것도 없고 전기도 전봇대도 없어 호텔에서조차 촛불을 켠다고. 대문 없는 작은 집들의 돌담과 꽃길이 고불고불 예뻤다.

여인들이 알파카나 양털로 실을 뽑는 모습은 더없이 한가로운데 희한하게도 남자들은 하나같이 여기저기 앉으나 서나 걸으면서까지 뜨개질을 하고 있다.

타킬레 섬 남자들은 뜨개질을 못하면
장가를 못 간다고…

그러고 보니 판초며 모자 목도리 허리띠도 밥상보도 다 뜨개질한 것들이었다. 사람들도 야마처럼 순박해 보이고 유네스코 인류무형유산으로 지정된 섬 전체가 무슨 동화 속 나라처럼 조용하고 아기자기했다.

남미 여인들은 높은 모자를 쓰고 '양철북'에 나오는 여섯 겹 치마 같은 인디오 특유의 넓은 치마를 입는다. 팀장 Mr.손의 해설에 의하면. 유럽에서 남미로 넘어오는 초기에 현지인들에게 팔아 돈을 벌어볼까

볼리비아 여성들

타킬레 섬, 뜨게질하는 남자

하고 귀족남자들의 모자를 배에 잔뜩 싣고 남미로 왔는데 정작 와서보니 생활력이 강하고 경제권도 있어 보이는 것은 여자들이고 남자들은 하나같이 털모자만을 쓰고 있어 묘책을 낸 것이 부인네들에게 파는 길밖에 없었다고 "이 모자는 유럽의 귀족부인들이 꼭 써야하는 신분표식의 귀한 모자다." 라는 거짓말을 했고. 그때부터 인디오 여성들이 너도 나도 모자를 쓰기 시작 볼리비아여인들의 전통이 되어버렸단다.

정말 타킬레 섬 남자들은 노소老少없이 뜨개질 한 귀달이 모자 가운데 흰색과 빨강색이 섞인 모자는 미혼을, 빨강색 모자는 기혼이며 모자방울이 왼쪽으로 기울어지게 쓰면 '여친 있음'이고 오른쪽으로 방울이 넘어가 있으면 '여친 없음'이란다. 그러니까 저 앞의 총각은 여자친구가 없다는 거다. 가므잡하고 선해 뵈는데… 관광지가 된 후 타킬레 섬도 때가 묻기 시작했다니 쓸쓸해라.

어느새 나도 잠이 들었던가. 눈을 뜨니 버스가 안개 길에 신부걸음이다. 다들 침낭을 덮고 모자를 눌러쓰고 잠들어 있고 아침이 오는지 휘붐한 창밖.

우유니는 눈부신 흰 설국雪國,
신이 거기도 계셨다

내가 나스카라인 다음으로 와보고 싶어 하던 신비의 소금호수 그
'우유니'를 새벽과 함께 도착했다. 우리는 3,650m의 고지대 '우유니'
라는 흰 설국雪國에 도달한 것이다. 와우─ 누가 우유를 퍼부어 놓은
거 아냐? 킥킥 그것도 유머라고…쯧.

지각 변동으로 솟아올랐던 바다가 오랜 세월 물은 증발하고 소금
결정층만 남아 볼리비아 전 국민이 천 년을 쓰고도 남는 소금이라니…

우유니의 꼴차니(Colchani) 마을, 아침식사 집에서 고양이 세수를
하고 각자의 짐을, 6인승 랜드쿠르즈 루프 위에 쌓아 싣는다. 2박 3일
을 우유니에서 지낼 것이다. 얼음만 같은 소금사막 위를 4호차가 내달
린다. 약속한 듯이 모두 침묵, 탄성도 안 나오고 오직 침묵, 우리는 그
냥 완전한 구球체 속을 멍하니 달리고 있다.

우유니, 그곳엔 아무것도 없다. 풀 한 포기, 나무 한 그루, 구름 한
점 없이 텅 빈 곳. 나를 중심으로 수많은 원형의 굴렁쇠가 돌고 있는
듯… 선글라스를 벗으면 바로 장님이 될 수도 있겠다. 눈부신 태양을
받아 치는 소금 알갱이들의 저항, 좀 한참 섰으면 어지럽다. 주저앉아
야 한다. 수만의 굴렁쇠들이 돌기 때문이라고 생각한다. 주관일지 모
르겠다.

우유니 소금사막

우유니를 바라보는 라마

'곡선은 신의 선이고
직선은 인간의 선이다' —가우디

거대한 자연 앞에 나는 살구씨만해져 끝이 안 보이는 지평선을 짚어본다. 전망은 거대한 반원이다. 소금사막의 바다은 수억만 개의 육각형상들! 거북이 등짝을 보는 것 같은데 어떤 에너지가 이 끝없는 등짝을 이어가고 있는지.

텅 빈 여기, 아무것도, 눈에 들어오지 않는데 내 가슴을 가득 채운

이것은 무엇인가. 마음을 속에 담고 살지만 내 마음을 내가 모르겠다.

아무것도 본 것이 없는데 왜 가슴은 이리 콩다닥 대고 멍멍한가. 텅 빈 저 황량함이 이리도 아름답다니.

선재가 덕운 비구에게 "어찌해야 보살이 됩니까?" 여쭈니 "눈을 청정히 해라, 정견正見하게 될 것이다."

아무것을 본 것이 없는데 왜 대자연의 정견正見을 본 것만 같으냐. 눈물이 흘러 바람에 소금가루처럼 말라붙고 뺨이 당긴다. 나의 이 길은 정열인가 열정인가. 쓰잘 데 없이 일어나는 마음의 열기나 불같이 일어났다. 스러지는 세상의 사랑 같은 것이 허망하기 이를 데 없는 '정열', 아닌 어떤 하나에 꽂혀 끈질기게 파고들고 싶은 아름다운 에너지가 '열정'일 것이다.

지구별에서 가장 큰 거울,
우유니 소금호수에서

수천 리 밖을 내다보며 사람들이 작은 점처럼 꼬물대고 있다.
'도道는 자연은 함이 없으면서도 하지 못함이 없다.'(道常無爲而

상/우유니 소금사막 위의 태극기, 하/우유니 소금 호텔 앞

無不爲 도상무위이무불위) —노자의 혜안을 떠올린다.

저 장엄한 불용不用의 용用을 봐봐.

이 바람은 어디서 오는 것이냐. 바람에 실린 듯 라흐마니노프 교향곡 2번이 내 얇은 옷자락을 흔들며 사방에서 온다. —승재야 네가 30년 전에 수줍게 준 테이프구나 몇 번이나 듣고 또 들었던.

느리고 낮은 우울한 울림으로 시작하다가 애잔한 클라리넷 소리가 2악장에서 문득 빨라진다. 더욱 리드미컬한 스케르쵸. 멈추는 듯하다 다시 고조되고 피아노 위에선 은어들이 튀고 있다. 건반 위 연주자의 현란한 손가락들, 수만 소금 알갱이들이 튀어 오르고 오르고 쌓이고 쌓이고 펼쳐지는 저 무량無量. 드디어 나는 세상에서 가장 큰 거울 속에 들앉아 소금 알갱이처럼 작아진 나를 본다. 어젯밤 비가 왔더라면 물이 고였더라면 호수 위의 모든 점들이 춤추고 날아올라 거대 데깔꼬마니, 신의 작품을 만들어 냈을 것이다.

"우후후후, 그래그래 공룡의 입속에 머리를 박아"

"아냐 아냐, 너무 가까워. 공룡이 니 배 밑에 깔리는 것 같잖어."
저만큼 떨어진 곳에서 공룡인형을 놓고 촬영들을 하느라 법석이다. 라흐마니노프 2악장도 중도에 끊어지고 우리 4호의 기사 미겔은 아예 소금바닥 위에 엎드려 포커스를 맞추고 있는 중이다.

그러나 오늘은 오롯이 나 혼자 있고 싶어 대열에서 자꾸 이탈한다. 걱정이 되는지 솔미씨는 수시로 눈길을 준다. 나는 걱정 말라는 듯 미소를 날리고…

우유니의 밤 숙소는 소금 호스텔, 소금 벽돌집이다

혼자의 방을 따로 제공받았다. 치명적으로 아름다운 일몰을 본 후 숙소에 들어 간소한 저녁식사를 하고나니 밤 9시, 세수도 아직 안했는데 30촉 알전구 같던 흐릿한 전등마저 완전 소등된다. 서울서 가지고 온 손가락만한 전지를 켜들고 더듬더듬 화장실로 가 얼음처럼 차가운 물을 얼굴에 찍어 바르고 잠을 청한다.

멀리서 캥캥 캐갱ー 여우가 밤공기를 찢어 낸다. 잠이 달아나고 깜깜한 소금 책상에 앉아 뭔가를 끄적거렸다. 아침에 보니 '오늘 하루 찬란했다 행복했다 죽어도 좋겠다'고 개발새발 그려진 볼펜자국.

여우 울음 때문인가. 불면의 밤, 불빛이라곤 없으니 책도 볼 수 없다. 별이라도 보고픈데. 침대도 소금벽돌! 그 위엔 누더기같은 알파카 털로 짠 담요가 깔리고, 굳이 침낭 속에 들어가지 않는 것은 타인의 체취 때문… 긴 복도는 컴컴 지경.

결국 침낭을 깔고 요가자세를 취해본다. Yoga는 인도어로 '몸을 조각한다'의 뜻. 여기서 비롯된 수행법이 ㅡ첫째 斷行(끊고) 둘째 捨行(버리고) 셋째 離行(이별 하는 것)ㅡ 바로 무소유를 말하는 것이겠다. 두어번 시늉하다 뼈가 우두둑 꺾이는 듯 아프다. 그만 둔다.

안데스 산맥을 넘어 오느라 아침 해가 많이 늦다.

붉은 라구나(호수)며 간헐천을 지나 저녁 무렵엔 아구아스 떼르말레스 Aguas Termales라는 노천온천엘 들렀다. 반뇨(화장실bano)엘 수영복으로 갈아입으러 가니 "아후ㅡ" 세상에서 가장 지저분하고 냄새

노천온천

나는 곳, 그것도 돈을 5볼이나 주었는데… 코를 싸매고 나와 버린 곳이다. 결국 다리만 온천물에 담그고 한들거렸다. 좀 과하게 말해 가슴이 물동이만한 메스비소Mestizo—백인과 인디오의 혼혈—여인이 온천 속에서 망설림 없이 옷을 갈아 입는다. 모두의 시선을 한 몸에 받으며ㅋㅋ

그렇게 하루가 또 저물고.

이곳의 밤 추위 때문에 침낭이 필수라는 고원의 숙소, 라구나 코로라도 숙소는, 우유니의 소금호스텔보다 더 열악하다. 가장 무서운 게 캄캄한 화장실과 세면실 가는 일. 지독한 냄새로 봐서 바닥을 보지 않아도 알만하다. 하룻밤 내내 참느라 방광염이 걸린 듯 괴로웠다 다행히 항생제를 많이 가져와서 오래가지는 않았으니 고마울 따름! 심신이 지쳐가고 있었던가.

긴장을 놓으면 안 된다고 스스로에 "I can fly! 아무렴 나는 늘 수호 신이 지켜주시는걸." 다짐하고 또 다짐한다. 새벽에 숙소를 나와 하얀호수 '라구나 블랑카' 푸른 호수 '라구나 베르떼' 수도 없는 소금호수며 라구나 콜로라도의 한가로운 홍학들. 수많은 호수들을 들르고 타고 내리고 타고… 걷고 가끔 바이크를 타고 로드투어를 하는 청년들이 보인다. 젊음의 특권, 멋지다.

리칸카브르 설산

볼리비아의 끝이 보인다.
저기 리칸카브르 화산의 설산 쪽으로

　사막을 사랑한다. 사막의 바람이 좋고 사막의 흙내를 소금 내를
풀내를 섞은 이 뜨거움이 좋다. 사막이 나를 사랑하는지는 알 수 없으
나 아마도 짝사랑일 것이다. 역시 나는 짝사랑의 고수다.
　나의 사막은 말수 적은 상남자의 포스, 가까이 오지는 않지만 아
주 멀리 떠나버리는 것도 아닌 저만큼서 표정을 숨긴 채 나를 지켜보

는 그가 나의 사막이다. 고원을 달리면 억세고 노란 풀더미, '파자 브라바'들이 계속 따라 온다.

볼리비아의 알티플라노* 고원을 걸으면 지구의 민낯을 걷는 것만 같은데…

고도 4,200m, 우리는 다시 말풍선처럼 랜드크루즈 차량 꽁지에 흙먼지를 둥그렇게 매달고 달린다. 가도 가도 알티플라노 분지는 황토의 사막, 날은 뜨겁고 대지는 라마라도 구워낼 듯 타들어가는 형세다.

알티플라노 고원은 현실과 초현실을 넘나드는
몽환적 '로드트립'이다

사막 기행 3화는 알티플라노에서 시작해 아직도 알티플라노를 달리고 있다. 볼리비아, 가난하지만 인간미가 살아있는 나라. 저만큼 경운기 한 대가 탈탈거리며 간다. 그런데 커다란 엉덩이의 엄마는 순풍순풍 아이를 잘도 낳았나보다. 다들 옮겨 탄 버스에서 목을 빼고 경운기 위 빼곡한 머릿수를 헤아린다. …아홉, 열, 열 하나다, 열둘인지 몰

---

* 안데스 산맥 기슭에 있는 고원. 높이 3,000~5,000미터로 사람 사는 지역으로서는 세계에서 가장 높다. 잉카문명이 꽃핀 곳이고, 감자의 원산지이기도 하다.

알티플라노 사막 도로

라. 뱃속에 하나 더 있을지도….

　'Dali desert' 여기 알티플라노에 살바도르 달리가 있다니. 그 옛날 이 초현실주의 화가 달리가 걸었던 땅이라고, 그는 여기서 영감을 받아 'The persistence of memory'를 남겼다는데 사실 이 고원 자체가 비현실적이고 초현실적 비쥬얼! 하늘과 물과 땅이 맞닿아 있는 곳이다. 여기도 16C, 스페인이 정복하기 이전에는 잉카제국이었다.

　이제 멀리 설산 리칸카브르 화산(5,290m)을 넘어 칠레로 길을 열어나가야 한다. 칠레의 사막 산 페드로 아타카마를 향해―

신의 정원

파타고니아는

'거인의 땅'이었다

모든 사람의 마음속에는 은밀한 자유의
갈망과 넓은 곳으로 나아가려는 충동이 존재한다
— 호르헤 루이스 보르헤스

OJI TOUR

볼리비아와 칠레 국경은 황토 빛 고원 위. 아무것도 없다. 5천고지에서 해발 2천4백까지 버스는 내리닫이로 달려 내려간다. 칠레 땅이다.

급격한 고도의 차이로 나침반도 허술한 내 심장도 많이 떨렸을 것. 그러나 볼리비아의 덜컹거리는 흙길과 달리 미끈하게 포장된 도로의 칠레로 들어서면 누구든 금방 눈치 채게 된다. 부국과 빈국의 차이를. 문명세계로의 진입 같은 착각도 드는 땅.

칠레지도는 영락없이 길다란 미역가닥 같은데 남북을 내리지르는 Pan American Highway 고속도로로 관통되어 전국이 버스노선으로 연계되며 기후는 사막성열대부터 최남단의 한대성 기후대까지 세상의 모든 기후를 갖고 있는 나라다. 뿐 만이랴. 와인의 나라, 파블로 네루다의 나라임을 안다.

세상을 넘어 또 다른 세계를 찾아가는 길

나는 지구의 남쪽 끝을 향해 계속 내려갈 것이다. 내가 살던 세계 바깥의 또 다른 세계를 찾아. 나를 둘러싼 세상 너머를 탐하는 신비주의자의 꿈. 꿈꾸기는 내 삶의 GPS 였었다.

이윽고 부연 햇볕 속에 푸른 오아시스 마을이 보인다. 산 페드로데 아타카마San Pedro de Atacama다.

아타카마로 버스가 미끄러져 들어간다. 사람들 표정이 의외로 밝았다. 입국시엔 '음식물 반입 절대불가'로 얼마나 딱딱하게 굴던가 배낭들을 샅샅이 해부 당하기도 했었는데…

손바닥만한 도시에 여행사, 환전소, 호스텔, 카페가 넘쳐난다. 환전소 부근에서 '캄비오?' '도라레스?' 하고 접근해오면 암달러상이다. 그만큼 관광명소라는 얘기. 여기는 지구상에서 가장 건조한 아타카마 사막이 있고 100년 동안 비가 한 방울도 안 내린 지역도 있는 수수께끼 같은 미지의 땅인 것. 이런 정도면 저주받은 땅임에 틀림없겠는데 그렇지 않은가보다. 잉카 이전부터 있었던 이 마을은 칠레서 가장 오래된 사람의 마을이란다.

칠레는 거대사막, 아타카마를
머리에 인체 남극으로 달리고 있다

이른 새벽, 바람을 가르며 아타카마사막 속 '달의계곡'을 향한다. 볼리비아 라파즈의 '달의계곡'에선 암반위에서 사내가 불던 피리선율 'El Condor Pasa'가 인상 깊었었다. 여기는 또 무엇이 나그네들의 눈을 홀리려나 생각다가 오래 졸았나보다. 가장 먼저 '안피떼아뜨로'

아타카마코요테 바위 위에서 화성의 지표면 같은 광막한 사막에 압도되다.

Antiteatro(원형극장) 붉은 암반을 지나면 Moon velly다. 차에서 내려 협곡 진 사잇 길을 네발로 기어 오르락내리락 암벽과 구멍들을 통과하는데 태초의 소금결정들이 손을 베일 듯 날카롭다. 여기는 2,300만 년 전 까지는 소금바다였던 곳이 지각변동으로 융기하면서 생겨난 지형. 정녕 나는 지금 타임캡슐을 타고 까마득한 태초에 와 있음이다.

사람은 때로 무모한 미친 짓을 저지를 필요가 있다. 인생에서 가장 미친 짓은 한 번도 미치지 않은 일일 것이니.

수십 길 직벽, 코요테전망대에서 〈죽음의 계곡〉을 내려다본다. 눈이 안 닿도록 펼쳐진 상상 밖의 광경에 하나같이 입을 딱 벌린 채 말을 잊고⋯

'저건 일정 규칙도 조성도 의도도 안 보이는 쇤베르크Arnold Schoenberg의 무조無調 음악 같아.' 볼수록 그렇다고 생각했다. 너무나 난해해서 잘 알 수 없는 가운데도 충격적으로 오던 선율, 아우슈비츠 이야기를 작곡한 '바르샤바의 생존자'. 아름다움이라기보다는 쇼킹하던 미래적 클레식? 금속악기들과 현악기들의 불협화음!

이 계곡에 밤이 내리면 달 휘영청 뜨고 신기루같이 영혼의 그림자 같은 것들이 걸어 다니지 않을까? 쇤베르크의 '정화된 밤'같은 적막과 황량과 경외가 치명적으로 닿는 무서운 감미로움!

'이─뭔 소리?' 그렇지만 달리 다른 표현이 떠오르지 않는 걸. 쩝!

"그나저나 선인장이나 파충류 한두 마리 살 것도 같잖아? 그런데

풀은 커녕 소금덩어리 토양에 수 백 년 동안 비가 오지 않은 곳도 있어 미생물도 살아남지 못한다니 땅의 미라 아냐?" 혼자 두런거리니 옆에 섰던 H가 딱 맞는 말이란 듯 고개를 주억거려주며 웃었나.

끝없이 펼쳐지는 저 수수께끼만 같은 지형. 지구임에도 지구 같지 않은 땅이 여기, 아타카마다. 아무리 보아도 다른 행성에 내가 불시착한 것 같은.

흙먼지가 일며 돌개바람이 돈다 싶었는데 직벽을 기어 올라온 광풍이 몰아치며 분진이 일었다. 화성 같은 이 곳은 나사의 화성탐사 훈련지라는데 1만 년 이상 사람이 들어간 흔적이 없다는 말이 사실이라면 여기야말로 비인간계非人間界. 신의 에너지만 가득한 땅이다.

역시 아타카마는 제 몸값을 치르게 하는 곳 인가 보다. 10월 29일, 아침식사 중이던 사람들 눈인사를 하다말고 놀란다. 무슨 일일까 통증이 없어 몰랐는데. 내 왼쪽얼굴이 뚱뚱 부었다? 거울을 보고 어쩌고 할 겨를이 없다. 호스텔을 나와 컴컴한 시간대. 야간도주를 하는 이들처럼 팀원들은 짐을 안고지고 졸면서 공항으로 이동.

국내선 LA343편 항공을 탑승하고서야 급히 화장실로 뛰었다. 일났다 호사다마好事多魔라 했던가. 이 세상이 아닌 곳만 같던 죽음의 아타카마를 끝내고 얼마나 뿌듯했던가. 노란 밀감 빛 sunset은 또 어떻

아타카마 죽음의 사막

고…

거울 속의 얼굴이 낯설다. "누구세요?" 거울 속 여자에게 물었다. "나야, 너." 왼쪽 볼에 돌 사탕 하나 물고 있는 듯 불뚝 튀어나온 것이다. '눌러도 아프지 않은데…' 곰곰 역 추적을 해 본다. 아무래도 돌개바람 속 넘어지고 깨지던 거기일 것이다. 눌러도 안 아프니 다행. 두 시간을 날아 칠레의 수도 산티아고다. 미역 가닥의 중부에 위치한 이곳은 신구新久의 도시 패턴이 자연스레 혼재한 모습.

눈이 내리지 않는다는 도시,
산티아고에서 길을 잃다.

배낭족이 숙박하기에 많이 과하다싶은 깨끗하고도 큰 호텔에 check in하기 무섭게, 다들 튀어나가면서 "아유 어떡해요, 넘 많이 볼이 부풀었어요," 한마디씩에 약사인 찬호님은 비상약으로 가져온 약제

아타카마사막의 일몰

들을 털어주고.

Mr.손과 골목을 두엇 꺾어 조그만 약국을 찾아갔다. 그가 에스빠놀로 약을 청허자 흰 가운의 약사는 잔뜩 표정을 구긴 채 안경을 치키며 문제의 부위를 살피더니 "안돼요. 병원에 예약 잡고 가세요"다. "우린 매일 다른 도시로 이동해야 해서 병원은 불가다." 설명을 하고서야 약 한 봉지를 받아들게 되었던 것.

고마웠다. "점심 먹어요, 저 때문에 고생하셨는데" "고생은요. 여기 한식 잘하는 곳을 아는데 갈까요?" 그의 안내를 받아 간 곳은 큼지막이 쓴 한글간판 '숙이네'다. 가격도 순두부 8천 원 정도면 한국수준, 현지인들이나 여행객도 된장찌개에 삼겹살을 지글지글 구워가며 맛있게들 먹고 있다. 우리도 대구탕을 시켜 먹는데 어찌나 시원하고 맛난지 부은 볼떼기를 냄비에 쑤셔 박을 듯이 숙이고는 한 방울 안 남기고

한국식당 '숙이네'

쓸어 넣었다. 나도 대구탕을 끓여봤지만 이런 맛을 못 냈는데 이게 손맛이란 건가?!

다산 정약용이 유배 때 하인이 질문을 한다. "상추. 밥. 된장을 따로 먹는 것과 상추쌈으로 먹는 것에는 어떤 차이가 있을까요?" 다산이 답한다. "그것은 자기 혀를 속이는 ―착각하게 하는― 일이니라."

햐― 정말이다. 같은 양 같은 식재료지만 따로따로 끓인 대구. 채소. 양념과 물을 따로 삼킨다고 생각해봐 "우―비려 요리과정은 마법인 것이야"

사장은 한국에서 부도를 내고 멀리 도망 온 곳이 여기라고. 이제 빚도 다 갚아 휴일에는 무료급식도 베풀고 있다며 편안한 웃음을 보인다.

오후를 혼자 걸으면서 내내 아쉽다. 그토록 좋아하던 시인, 파블로 네루다의 집이 이슬라 네그라(검은 섬이란 뜻)라 했는데 산티아고에서 시외버스로 편도(5천페소) 두시간 거리의 바닷가 마을, 그러나 돈도 없고 시간도 안 되는 걸! 그의 질문에서 내가 읽힌다.

나였던 그 아이는 어디 있을까

아직 내속에 있을까

아니면 사라졌을까   ― 네루다 '질문의 책' 중에서

'Plaza de Armas'에 대한
의문이 꼬리를 문다

남미엔 왜 도시마다 '아르마스광장'이 있는 걸까? 다들 의아해 했었다. Armas, 스펠링으로 유추해볼 때 군국주의의 잔재에 틀림없지 싶다. 유럽이 남미를 귀속시키고 군사훈련을 위한 연병장은 필수였으리라.

산티아고의 아르마스 광장에 어둠이 내리니 광장 한켠 복도형 건물은 먹자골목이다. 어디나 치익ー 칙 지글지글, 부글부글 기름 끓는 소리. 고기며 해산물들이 쌓여있고 널려 있는 것이 와인이다.

분위기 있는 예쁜 카페 같은 데서 한번쯤 와인을 마시고 싶지만 이 볼거리 앓는 아이 같은 야릇한 얼굴로 마신다는 건 와인을 모독하는 거란 생각이 불쑥 든다. "그래 오늘은 아니다."

젊은 날, 최초로 마신 와인은 풋사랑처럼 달달하고 향기로운 메롯 Merlot 종이었다. 이 칠레 와인이 입에 착 감기던 것을 내 혀가 기억해낸다. 지금까지 와인을 좋아하게 된 계기가 바로 그날 밤 그 미각이 지배하는 탓이리라. 내가 좋아하는 와인! 몬테스 알파, 사토, 시라즈, 라쉬부와즈, 1865… 미소가 절로난다.

그런데 호텔로 향하는 길이 아무래도 수상하다. 계속 걷는 길이 거기가 거기 같고 같은 길을 뱅뱅 도는 듯한 이 불길한 예감… Hotel Fundador를 물어도 아는 사람이 없다. 꼭 무엇에 홀린 것 같은 것이 무섭다. 밤10시가 넘어서고 있는데 경관복장을 한 사람조차 고개를 저으니 세월아 네월아 돌아다니던 게 후회막심이다. 세상이 다 길인데 왜 이리 무서운 것이냐? 길 위에서 길이 안 보인다.

가슴이 벌렁벌렁 뛰고 무슨 일이 일어날 것만 같은 순간 인적이 뜸해지는 거리를 누가 일부러 보낸 듯이 한 청년이 자전거를 끌고 내 앞으로 온다. 그가 말을 걸기도 전에 다급히 "Help me please!" 해놓고는 현지인들은 영어를 안 쓴다싶어 "돈데 에스타 호텔 푼.다.도.르? Donde esta Hotel Fundador?" 또박또박 물으니 따라오라는 손짓을 해 보인다. 세상에ㅡ 골목 두개를 넘어가니 호텔 현관인 것을. 청년의 뒷꼭지에 대고 연신 "그라씨아 그라씨아스 아디오스! 잘 가쎄용!" 허리를 꺽어 격하게 인사를 했다.

푸에르토 나탈레스는
남위 51도, 극지방이다

파타고니아의 출발지, 나탈레스는 트레커들의 도시였다.
입구에서부터 호수 위 날고 있는 형상의 청동조각상이 우릴 반

파타고니아

델 파이네(Torres del Paine)

기는 Hotel Gracia에 여장을 풀고 거리로 나선다. 물가가 매우 비싼 곳이라 며칠 먹을 식품을 사두는 게 낫다고 팀장은 대형마트 우니막(Unimark)으로 우릴 몰고 갔다. 난 양배추 한 덩어리와 빵과 물을 산다. 오이나 케익 와인 등을 산 일행들이 내가 안고 가는 양배추를 보고 웃는다. '니들이 양배추 맛을 알아?' 매콤하고 달착지근한 이 서양 배추가 슈퍼푸드란 거 몰랐을걸.

다음날 아침 비포장도로는 상쾌했다. 멀찍이 언덕 위의 풀을 뜯는 동물은 알파카(alpaca)와 야마를 닮은 과나코란다. 새하얀 털의 알파카는 남미를 대표하는 동물. 저기 에뮤처럼 보이는 새는 날지 못하는 새 난두일 것이다. 도도새처럼 바보가 아니길.

파타고니아는 마젤란이 1520년 이곳을 처음 발견했을 때 이곳 원주민들을 거인(파타곤)이라고 부른 데서 비롯됐다. 평균 키가 155cm였던 스페인 사람에 비해 원주민 테우엘체족의 평균 신장은 180cm에 이르렀다고 한다.

'파타고니아~' 하고 가만히 제 이름을 불러주면

　　　　　　　　마음 기슭에 바람을 불어 보내는 신의 땅,

파타고니아, 과연 우리 행성 최고의 정원이다. 상어 이빨처럼 날카로운 3개의 화강암 봉우리 토레스 델 파이네(Torres del Paine), 그 아래는 녹아내린 빙하로 이루어진 에메랄드빛 페오호수와 연봉들. 숨이 멎을 듯 치명적이다. 신神의 시인가. 어디 하나 뺄 것이 없다.

세계 어느 곳에서도 볼 수 없는 비경을 보기 위한 이곳 트레킹에는 W형태로 걷는 5일 소요의 W코스와 좀 더 멀리 비경을 한 바퀴 도는 10일 정도의 서킷코스가 있다는데 우린 겨우 하루라니… '오호 애재라— 이번 생은 틀렸고 다음 생에서나 기약을 해 볼까.'

트레커들의 울긋불긋 텐트들이 청춘의 이야기를 풀어놓는 야영장을 멀찍이 바라보며 바람을 피해 나무들 사이 풀숲. '풀밭 위의 점심 식사'다. 빵과 양배추 쪽, 오이 한 개 아사아사 씹히는 소리가 숲의 우듬지를 쓸고 가는 바람소리에 섞인다. 나무들 사이로 묵직한 배낭을 진 청춘들이 드문드문 지나가는 모습도 사랑이다. 행복은 천천히 달리는 게 최상! 이 순간의 행복 천천히 떠나시길! 청춘과 사랑은 닮아있다. '어―'하는 사이 지나가고 안 보인다는 것!

먼 하늘을 유유히 날고 있는 콘도르며 가까이엔 원색의 샛노란 민들레들이 뭉텅뭉텅 모여 피어오른 꽃방석들, 파타고니아의 봄인 게다.

수천수만의 장서가 한 치 빈 곳 없이 빼곡한
신의 도서관 앞에서

책장들이 한 장, 한 장 넘어가듯 시시각각 바뀌고 어디를 보아도 한 장의 그림엽서 같은 여기는 어느 것 하나 유동하지 않는 것이 없다. 천천히 시선을 따라가는 마음 한 장 구름송이 날 듯 가볍지 않은가. 경쾌하게 핑퐁 튀듯 동공이 이동한다. 환희와 탄성을 삼키며… 가슴가득 물밀어 오는 안온함, 편안함. 그리고 숙연함.

이제 나는 몸도 머리도 느껴지지 않는 무심無心! 동공만이 제 시선을 고무줄마냥 늘였다 당겼다 사물을 쓰다듬고 어루고 뒤집어보다 동

공을 철수시키고 눈을 감으면 물소리에 바람소리에 귀는 함지박만 해져 세상 모든 사스락이는 소리 살랑이며 찰찰대며 청신경을 일어서게 하나보다. 그 많은 사람들 어디로 스며들었는지 기척 없고 나도 없고 자연이 내는 음표들만이 제소리로 청랑. 창랑.

정녕 여기는 신의 서고書庫. 어디를 펼쳐도 크고 작은 장엄하고 소소한 정갈한 손길로 빚은 비서秘書들. 책의 곰팡내 대신 여기 책들은 향그러움. 싱그러움. 빛에 따라 시간에 따라 분분초초가 다른 모습. 높이에 따라 차고 기움에 따라 소스라침과 고즈넉함이 다르다. 아흐— 수천수만의 장서藏書가 한 치 빈 곳 없이 빼곡히 꽂혀있고 누워있고 구르고 있다. 날고 있다.

일벌레 돈벌레 책벌레 공부벌레 온갖 벌레들 중 가장 행복한 벌레는 역시 책벌레와 헤벌레(?)다. 에머선은 도서관을 마법에 걸린 방이라 했고 보르헤스는 그 방 속의 잠자는 책은 우리가 부를 때에만 잠에서 깨어난다 했다. 내 환희에 찬 눈길이 저들을 깨웠음이다.

풀 한 포기 나무 한 그루도 바람과 물빛과 소리들이 꼭 있어야 할 그 자리의 시어처럼 배치되어 있다. 나는 신의 작품에 눌려서 단 한 편의 시도 쓸 수가 없었다.

파타고니아의 영원한 동반자는
'바람' '바람' '바람'

여기는 태초에 바람이 태어난 곳일 성 싶다. 수억 년 늙은 바람이 어린잎들을 쓰다듬고 있는 힐링의 시간. 문득 정신을 불러들이니 오른손에 베어 먹다 만 오이 반 토막이 들여져있고 빵을 꺼내먹은 비닐이 혼자 물병에 눌린 채 할랑이고 있다.

시계를 본다. 팀 트레킹시간이 다 되었다. 나왔던 것들이 서둘러 배낭 속으로 감춰지고 신발 끈을 조이고 뛴다. 내가 보인다ㅋㅋ, 나답다. 나는 이렇게 허둥대어야 나다운 것.

우리 대원들이 등성이 쪽 언덕으로 꺾어 돌자 허걱—여기가 어디냐 숲이 모두 소실되어 나무의 유골들만이 시꺼먼 모습으로 늘어서 있

타버린 숲

파타고니아 남극 펭귄

다. 쓸쓸하다. 2011년 12월 트레커의 실화로 삼림이 다 타버리고 산불
을 끄던 소방대원 6명이 사망하는 대참사, 파타고니아의 바람을 제어
할 수 없었기 때문이리라…

　죽은 자들의 숲을 지나 너덜 길처럼 험한 언덕길에 오르자 돌들이
데굴데굴 굴러다니고 우리 역시 급작스러운 바람에 휘청이며 낚시 바
늘처럼 허리를 접고 땅에 붙어버릴 듯 걷는다, 세 걸음 전진이면 두 걸
음 후퇴다. 한 다리를 들면 온 몸이 누가 뒤에서 배낭을 잡아채듯 넘어
지면서 차거운 빙하의 바람이 살 속을 파고든다. 여기쯤은 이번 사막
기행의 8부 능선쯤 되리라.

　온 산기슭을 들었다 놓는 듯 광풍에 내가 경사 길로 밀려 올라가
고 있는 신기한 느낌. 사람들이 비척대고 나도 몇 번인가 넘어졌다가

풀뿌리를 부여잡고 죽을 둥 살 둥 일어서곤 했다. 우리의 이 짧은 몇 시간 트레킹은 트레킹 축에도 안 드는 거라는데. 스토커처럼 바람이 따라붙는 여긴 꿈일까.

파타고니아의 베이스캠프인 나탈레스로 돌아오다

숙소로 돌아오는 길. 달달 떨며 한겨울의 문풍지 소리 듣듯 집집 마다 창틀 찌그럭이는 소리 들으며 나탈레스의 가게에 들어가 털옷을 사고 싶은 유혹에 시달린다. 참는다. 예쁜 가게들마다 털스웨터, 외투, 거위털 점퍼들을 진열한 까닭을 알겠다. 알파카털실로 짠 베레모만 하 나 사 흔들리는 마음을 달랬다. 숙소 그라시아(Gracia)의 따뜻한 실내 에 뛰어들며 대원들은 저절로 그라시아(감사합니다)!를 외쳤다. 파타고 니아는 내 여행 리스트에서 그 무시무시한 바람을 그 눈부시던 신의 정원을 어찌 잊을까. 가슴에 보석 하나 깊이 박힌 날이다. 앗 실수! 또 놓쳤다. 남미에 다시 돌아오기 위해서는 나탈레스로 들어오기 전 푼타 아레나스에서 마젤란의 발(동상)을 만졌어야 했는데.

이튿날 엘 칼라파테 행 미끈한 Cama, 국제버스를 타고 달린다. 칠레를 출국, 아르헨티나로 입국하는 것이다. 7시간을 자다 깨다 도착 하니 눈이 확 뜨인다. "여기는 어느 별장 마을인고?!"

매일 잠자리가 달라지고 메뚜기처럼 등짐을 지고 튀어 다녀야 했던 것이 여기와 같은 호텔에서의 3박 4일 여정은 아주 긴 셈이다. 여기 주택들은 하나같이 유럽식. 길을 걸으며 중얼거린다. 저건 네덜란드식, 저건 영국식, 이건 캐나다 통나무집형, 거기다 뜰마다 꽃들이 화사하게 가꾸어져 있다. 우리 숙소 아리엘(Ariel)부터 정원에 온갖 꽃들이니. 늦은 봄이거나 여름?

한국의 내 집 실내 뜰을 생각한다. 11월 초 지금쯤 베란다 창가에 화분도 없이 데롱데롱 매달려 사는 air plants 중 이오난사도 홍보라빛 꽃을 피워냈을 터이다.

혼자 걷는 길. 예쁜 마을 골목골목이 싱그럽다 행복하다. 종일 빈 뱃속을 생각하며 해산물레스토랑을 찾아 들었다가 예약을 안 해 딱지를 맞고 인근 동전짝 만한 카페 'Amor' 창가에 자리를 잡았다. 길 건너 꽃 담장을 내다보며 와인을 홀짝이는 건 내게 베푸는 최상급 팁.

비취색 '페리토 모레노빙하'를 트레킹하다.

11월 2일, 늦잠. 2분 만에 케익과 치즈를 먹어치우고 요거트와 우유는 호주머니에 쑤셔 넣고 나온다. 정신 나간 시간 같지만 기분은 최고다. 호빵처럼 부풀었던 볼떼기가 좀 가라앉은 듯 보임에…

모레노 빙하를 향해 달리는 옆구리엔 계속 아르헨티노 거대한 호수가 따라오고 기분은 상쾌 명쾌, 와이파이로 오랜만에 고전강독 팀에 소식도 전한다.

지구의 땅 끝이 맞는가. 100만 년 묵은 바람이 거대한 얼음을 어루는 동안 빙하 옆 숲은 더욱 우거지고 거목들의 키는 하늘을 찌를 듯 하잖아. 여기는 겨울왕국, 공기는 말랑하고 햇살, 짱 투명하다. 아이젠을 장착한 발로 빙하를 콱콱 찍으며 내가 얼음산 능선을 트레킹 중이다.

백설 속에 웅덩이처럼 울트라 블루의 물이 고여 '어떻게 이런 신비감을 준다니. 겨울공주 엘사가 짠―하고 나타나 렛잇고let it go를 하이소프라노로 열창하고 나올 것만 같다. 워―워― 또 상상력 발동이라니!' 겨울왕국에서의 하이라이트는 빙하의 정상에서 그곳 얼음조각을 띄우고 양주를 섞은 언더락 꼭텔(cocktail)을 한 잔씩 나누는 것. 극지 가까이 왔음을 실감한다.

"나 지금 행성의 땅 끝에 서 있는 거 맞아?"

저녁엔 종일 용을 쓴 다리에 무리가 왔는지 자꾸 다리가 꼬인다. 11월 4일, 이별의 이브, 대원들은 와인과 과일과 해물탕 파티를 베풀어 주었다. 나만 일주일 먼저 귀국하는 것. 어머님 기일로. 11월 5일, 팀들 일정을 미루며 내가 타고 떠날 미니버스가 올 때까지 기다려 버스가 보이지 않을 때까지 손을 흔든다. 젊은 영혼들의 눈물 그렁한 배웅을 받으며 공항으로 출발. 미국행 항공예약이 돼있는 '부에노스아이

모레노 빙하

눈을 섞어 만든 빙하 위의 와인 한 잔

레스'로 넘어가기 위해서였다.

남미의 파리, 부에노스아이레스에서의
좌충우돌 혼자병법

부에노스아이레스를 직역하면 '좋은 공기'.
아침 늦게사 눈을 떴다. 그동안 곤했던 거다. 이제 혼자라는 안도

감과 함께 내 나라인 듯 편안했기 때문일 것이다. 급히 짐 두 개를 Hotel에 keeping하고 나선다. '잘 될 거라'는 희망 하나를 옆구리에 장착하고.

이 도시는 대부분 백인계여서 그런지 몸매가 늘씬하고 도시도 사람도 유럽에 온 듯 착각이 든다. 거리엔 우리네 벚꽃길처럼 '자카란다' 보라빛 꽃을 가득 피운 가로수길이 화사하다. 우선 M(Metros) 표식을 찾아 지하철로 Go.

'뭐? 지하철 파업이라? 오우 마이 갓 !!! 도대체 지금 내게 무슨 일이 일어나고 있는 거야!' 지하철이 불가라면 혹시 하고 소망했던 보르헤스를 비롯 많은 것을 포기해야할 판이다. 욕망의 가지를 툭툭 쳐내고 근거리를 잡는다. '세계에서 가장 넓은', 7월 9일街로 가는 거다. 근 100년에 걸쳐 만든 거리. 그 중심에 우뚝 선 오벨리스크를 보는 거야 그리곤 스페인 항거를 기념하는 오월의 광장이지. 그리고 대통령궁과 라 보까지구ㅡ, 요 정도면 시간이 맞아 떨어질 것이다. 시간이 돈! 택시를 처음으로 잡아탔다.

보랏빛 가로수꽃, 자카란다의 신비로운 거리

　오벨리스크를 까마득 치올려보며 오월의 광장까지 걷는다. 오월
의 광장엔 햇볕 쐬기나 점심 먹는 시민들.
　나도 거대 대추야자수 그늘에 앉아 남은 빵과 우유로 점심을 때우
며 주변을 빠르게 스캔 중, 눈앞에 대통령궁인 카사 로사다라 분홍 건
물이 잡힌다. 거기 2층 발코니는 영화, '에비타'에서 마돈나(에비타 분)
가 군중을 향해 'Don't Cry For Me Argentina'를 열창했던 곳이다.
강렬한 선율이 시간을 건너 다시 온다. 이젠 영화와 오욕을 함께했던
에바 페론도 죽은 자들의 신전 레콜레타에 잠들어 있으리라. 숱한 피
의 역사가 점철된 오월의 광장을 떠나 탱고의 발상지 '보카지구'에 들

영화 「에비타」에서 노래하는 마돈나

어섰다. 오벨리스크와 보카까지 두 번 택시비가 나갔으니 내 수중에
페소가 얼마 안 남았을 터.

"환전소도 안 보이는데 이를 우짜노? 에이 몰라 몰라."

La Boca는 당시 아르헨티나 유일한 항구로 Boca는 입 혹은 입
구라는 뜻이란다. 이곳을 통해 이민자, 선원, 막노동자, 소떼를 몰고 온
목부들의 무리가 찾아들었고 피로와 울분을 술과 여자와 춤으로 풀던
몸부림 속에서 태어난 것이 현란한 춤 '탱고'라고 했다. 현지에선 '땅
고'라는.

원색의 예쁘장한 까미니또 거리는 총 100미터도 안 되는 골목.

가난한 화가들이 그림을 그리기도 하고 판매도 하는 거리를 돌아 나오
니 5시다.

5시 이후부터 지하철이 재개된다 했는데

　빨리 지하철이 있는 오월의 광장으로 가야한다. 그늘에서 졸고 있
던 논다니 택시드라이버를 끌어 "I'm very busy, quick, quick, go
to Square of May!" 장난끼가 발동한 드라이버는 능글맞게 웃으며
퀵퀵 허리허리 흉내를 낸다. 그것도 지하철역까지라 말했는데도 광장
을 두 바퀴를 더 돌더니 내 페소를 다 털어갔다.

　'클 났다, 페소 한 푼이 없으니 지하철 티켓을 어찌 끊는다?'

　무조건 지하철 역사로 들어가 $10권 몇장 손에 쥔 채 매점 앞에서
"I need peso, please change money." 강조하며 달러 바꾸기를 시
도 했으나 매점 여자는 못 알아듣고 나를 멀건히 쳐다만 본다. 6시엔
짐을 찾아 공항으로 출발해야 하는데. 달러를 손바닥에 쥐고 동동거리
는 나를 좀 전부터 지켜보던 깔끔한 차림의 중후한 장년이 다가서며
주머니에서 페소를 한주먹 꺼내어 영어로 '얼마나 필요한지 집으라'고
한다. '아이구 하느님—!'

　"지하철 요금이 얼마인지. 몇 정거장인지… 나도 모른다, (지도를

118

대통령 궁 앞에서의 탱고는 라틴계의 열정을 생각하게 한다.

가리키며) 내 호텔은 여기다, 항공시간 때문에 급하다" 주워 섬겼더니 100페소짜리 3장을 준다. 나도 쥐고 있던 10달러짜리 두 장을 건네니 그가 1장을 되돌려주고. 검지론 티켓 판매소를 가리킨다싶어 뛰어가 "One woman" 소리치며 100페소 한 장을 내주니 여자가 티켓을 한 주먹 주는 게 아닌가.

　"No! I need only one ticket"해도, 못 알아듣는 척, 이 때 그 신사가 멀찌감치서 지켜보았던지 다가와 말없이 판매원 여자를 빤히 쳐다보았다. 그제사 여자는 티켓 한 장과 거스름돈을 내준다. 이제 신사는 아예 함께 승차하며 "당신 배낭을 앞으로 메라 뒤는 위험하다." 무슨 얘기를 나눴었지?! 이윽고 하차 역. "Good luck with your trip" 인사까지. 얼마나 멋진 흑기사인가. 나는 이번 사막배낭에서 벌써 세 번째 키다리아저씨를 만난 셈. 만약 그 사람이 나타나지 않았다면 필경 비행기를 놓치고 어쩔 뻔 했나? 아찔하다. 그들은 화신불化身佛? 하느님?

공항으로 go go!
대장정의 붉은 막이 내려오는 중이다

DELTA항공, 짐을 부쳐놓고 한시름 놓는다. 휴스톤에서 대한항공으로 갈아타면 끄읕—.

아후—나는야 집에 간다. 많이 피곤하지만 룰루랄라다. 구름 위를 날고 있다. 저 아래는 태평양일 것이다. 이번에도 잘 견뎌준 나에게 감사감사.

돌아보아도 믿기지 않는 꿈. 뇌리속의 저장된 필름이 풀리며 안데스의 보석 몇 개가 눈부시게 온다. "찬란해라! 나스카, 마추픽추. 우유니. 아— 그리고 파타고니아," 눈앞이 어룽어룽 젖는다. "참으로 행복했습니다." 누구에겐지 모를 감사의 숙연함. 안데스 사막 기행, 꿈의 대장정을 마감하면서 나는 간곡히 몇 번이고.

"안티플라노여 잉카의 안데스여! 한 번 더 불러주시겠습니까? 아직 다 끝나기도 전에 나는 당신이 그립습니다."

행복은 무수한 물음표와 마침표 사이에 무늬처럼 넣은 쉼표일 것이다. 이번 내 사막 기행은 내 생애 중 가장 아름다운 쉼표일 것!

아프리카 기행

바람과 모래의

사원을

찾아서

"가까운 것을 찾기 위해 우린 때로 멀리 떠나야 할 때가 있다."
— 달라이 라마

머나먼 나의 스와니, 아, 아프리카

또 떠날 것을 꿈꾼다. 미답의 낯선 땅을 꿈꾼다.

역마살 탓일 게다. 지리산 가시내는 늘 진화해야 한다는 강박감과 함께 내가 누구인가를 파고들었었다. 우리는 모두 한정판이므로 자기답게 살아야 마땅하므로… 이런 자의식과 역마살이 나를 시인으로 세상을 떠돌게 하는데 일조했을 것이다.

언제였을까. 인사동 전시관에서 만난 '붉은 나미브'의 사진! 그 모래톱들은 오래 부동으로 나를 세워 놓았었다. 나는 망설임 없이 저 붉은 모래의 나라를 가야 한다고 내 안의 여자에게 속삭였다. 그러고도 10년이 훌쩍 가버리는 동안, 神이 내 그리움을 엿보셨는가. 그 꿈이 실현되게 생겼으니…

문득 정초의 꿈이 선명하게 온다. 밤하늘 백조자리가 은빛 날갯짓으로 날아오르던 그 새벽 꿈!

그렇게 나는 아프리카행을 단행했던 것이다.

사막이다. 듬성듬성 가시덤불 앉은 건기의 땅에 흙먼지가 날아오른다. 포식자와 피식자가 목숨을 담보한 채 사력으로 달린다.

"치타, 단 30초야. 그 안에 가젤을 쓰러뜨리지 못하면 배고픈 네 새끼는 죽는 거야. 잡아, 잡아."

저 광막함을, 나는 모른다.

내가 다리를 움찔거리며 다급해 하는 사이 치타는 가젤의 뒷다릴 걸어 넘어뜨렸고 목을 밟고 선 채 승자의 표정으로 나를 돌아본다.

"오 해냈어 치타, 사랑해. 네 날렵한 몸매의 그 속도는 누구에게도 추종을 허락하지 않았지. 언제 봐도 슬픈 네 눈물선은. 내게 연민을 넘어 널 오래 그리워하게 했었지 아마."

사바나 속에는 크고 작은 전쟁이 날마다 치러지고 있다. 이 세계는 더없이 잔혹하지만 인간세계와 달리 그들에겐 악의가 없는 것이다.

치타가 가젤을 물고 큰 가시나무로 올라가 걸쳐둔 사이. 먼데서 하이에나 소리가 들렸던가. 일순 긴장하는 기류. 하이에나 소리가 멎은 후에야 치타가 저음으로 끼욱—끼욱—새소리를 내자 가까운 덤불 속에서 새끼도 끼욱—거리며 점무늬의 작은 얼굴을 내민다. 더 가까이 치타새끼를 보려고 덤불을 헤집는데 가시가 할퀴고 찌른다. "아 아야 —."

"형님, 형님. 꿈꾸셨어요?" 올케가 잡아 흔들었다.

"꿈? 치타새끼를 따라가고 있었는데…"

맞아 난 지금 그 꿈꾸던 아프리카의 하늘을 날고 있는 거야' 문득 파노라마처럼 설레던 어제들이 보인다.

취미라곤 여행이 전부인 올케가 내 사막여행 소식에 앞뒤 과정도 모른 채

자석처럼 철컥 딸려오며 따라 나서겠단다. 남동생 역시 "여행 마니아이신 누님과 함께라면 지옥엘 데려가도 안심입니다. 이사람 유치찬란한 아이 같으니 누님이 잘 보관하셨다가 돌려주십시오."라며 현지에서 쓸 용채까지 두둑이 주는 것 아닌가

　그렇게 시작되었다. 인터넷을 뒤져 아프리카 현지와 조인하고 12월, 눈싸락이 내릴 듯한 저녁 우린 케세이페시픽에 얹혀 정말로 날고 있었던 것이다. 낯선 사람들, 저들은 어디서 와서 어디로 떠나는 것일까. 몇 번의 비행기를 갈아타고 수속하며 날고 있다. 달랑 둘이서 날짜를 잊기로 한다. 두고 온 일감들, 내 하늘정원의 꽃들, 식구들에 대한 미안함까지. 그런데도 밀려오는 불안감. 짧은 영어로 생면부지의 땅에서 잘 헤쳐갈 수가 있을까. 부부가 현지 여행사를 한다는 황미연씨가 케입타운 공항에 나와 반겨주었다. 그동안 인터넷과 이메일을 주고받으며 많은 정보와 도움을 준 새댁이다. 뮤지컬 배우 박해미를 닮았다 했더니 깜짝 반기며 "정말요. 감사해용." 예쁜 얼굴에 함박미소를 내건다.

　아프리카의 최남단 케입타운 바닷가 작은 숙소에서 아침 물새소리에 눈을 떴는데 와ㅡ 창 너머 전방에 불뚝 솟은 저것은 라이언 캣 봉우리. 새벽 텐트를 친 우람한 남성의 거시기를 보는 듯하다며 올케와 난 유쾌하게 낄낄거렸다. 사막행의 우리가 여기 케입타운까지 날아온 까닭은 사우스 아프리카 영사관에 들러 비자를 받기 위해서였다. 해서

케입타운의 〈마운틴 테이블〉 구름이라도 걸리면
하얀 레이스 테이블보를 늘어뜨린 테이블 같다.

케입타운의 〈마운틴 테이블〉도 꼭 들르고 싶은 빈민마을〈타운쉽〉도
잠깐 뒤로 미루자. 오매불망 나미비아가 기다리고 있으니.

나미브어, 생명의 순수어

비자도 받았으니 이제 나라를 옮겨 나미비아로 날아간다. 빈툭공
항에 도착하면 게스트하우스부터 찾아가야할 것이다.

해발 1,000~2,000m 고원의 나미비아는. 동서양단이 사막이다.
서편은 나미브, 동편은 칼라하리, 황무지 아니면 사막 이런 척박한 땅
에 나미비아는 있다. 나라 이름, Namibia도 나미브(Namib) 사막에서
따온 것, 나미브는 나마족의 말로 '아무것도 살 수 없는 황량한 땅'이
란다. 이런 곳을 화살 통을 맨 전사의 심정으로 내가 간다. 나미브로
들어가는 전초기지라 할 빈툭은 나미비아의 수도로 Winter hoek에서
Wind hoek, 바람 부는 언덕이라는 독일식 발음인 듯….

빈툭 공항에 내리니 픽업하러 왔다는 험상궂은 흑백 혼혈의 남
자… 별설명도 없이 낡은 벤츠에 우릴 집어 태운다. 속도계기판도 안
보이는 낡은 차는 고속도를 날아갈 듯 거칠게 달리는데 보이는 거라곤
돌너덜과 가시덤불뿐 가도 가도 아무것도 안 보인다. 정말 무섭다. 두
여자는 졸아서 앞좌석을 틀어쥐고 '아 이렇게 우리는 아프리카에 와서
흔적없이 사라지는구나.' 옆을 보니 올케의 마른얼굴이 거의 새파랗다.

그러나 기우였다. 30여 분 후 어느덧 작은 도시 빈툭이 나타나고
열대꽃 속에 묻힌 억새지붕의 게스트하우스 앞에 우릴 내려놓으니 '거

페루의 자연과 삶

봐 사람을 의심하다니.' 자신을 어이없이 꾸짖는다.

사막으로 가는 날 아침, 출발 전 커피잔을 들고 마당의 꽃에 코를 박고 섰는데 웬 사관생도 폼의 단정하고 잘생긴 완소남이 눈에 들어온다. 청소하던 소녀가 우리의 사막여행을 인솔할 영어 가이더란다. '와우― 이런 횡재가' 단박에 달려가 악수를 청하며 말을 튼다는 것이 "You are very handsome." 웃음을 주렁주렁 달고는 이번 사막 여행이 무지 행복할 거라고…이 무슨 생뚱맞은 아부인가 싶어 속이 근지러운데 이 녀석, 씨익 웃으며 땡큐! 한 마디 던지곤 휑하니 차로 달려가 바삐 짐을 싣는다. '짜식, 깎은 토란 같네.' 마음이 룰루랄라다.

사막을 향해 달린다. 빈툭에서 9인승 은색 밴을 타고 해종일 달려야 할 길. 누렇게 변한 건기의 반사막지대는 끝없고 황량하다. 그 가운데 한 줄기의 검은 선이 도로일 뿐.

우리들의 요리사이며 인솔자이며 기사인 영어가이드 오커드가 자신은 나미비아 국적의 영국인이라며 차례대로 자기소개를 하란다. 짧은 영어로 나와 올케를 소개하고 Kim과 Lee로 불러 달라 했다. 우리만 여자 둘이지 다른 이들은 다 남녀 쌍쌍. 오스트리아에서 온 엔지니어 스티븐과 그의 애인 셀린느, 40대의 흑인 웨일(whale)은 미국 의대 교수이고 8살 연상이라는 그의 연인 크리스틴은 백인으로 현직 고교 영어교사라고. 내가 짓궂게 부부냐고 물었더니 모두 친구사이란다. 그 당당함에 내가 왜 기가 꺾이는가.

오커드의 운전은 매우 편안했고 이제 차는 가시덤불만의 초원을 달리고 있다. 일행은 소곤거리다 졸기도 하는데, 맨 뒷자석에선 셀리느와 스티븐이 끊임없이 웃고 속삭인다. 몇 시간씩 달리다 차가 멈추면 용변시간, 낮은 덤불 옆에서 쉬를 보고 돌아오니 오커드가 운전석에 없다. 유머러스한 검은 고래 웨일이 가이드를 묶어 오겠다며 후방의 고장차로 달려 갔다 오더니 틀렸단다. 카센터도 없는 사막지대에서 승용차 한 대가 퍼져버려 오커드는 그 차량 밑에 들어가 있더라나.

속절없이 우리는 작은 가시나무 그늘 아래서 사반나의 지평선 끝에 시선을 박고 훅훅 끼쳐오는 열기에 대하여 우리들의 아름다운 열정에 대하여 또는 크리스틴과 웨일, 저 흑백인의 사랑에 대하여 도란거렸다. 시뉘 올케 사이를 넘어 참 오랜만에 친구처럼 속닥거린 것이다.

3, 40분은 조히 걸린 듯. 드디어 오커드가 얼굴에 기름칠을 하고 땀젖은 등판을 보이며 돌아왔다. 낯모를 차를, 그 가족을 도와주고 온 그에게 누구도 불평 없이 우리의 여행은 더욱 부드러워져 갔다.

달린다. 종일 평지를 달려온 건 아니다. 가파른 산맥을 넘고 협곡도 지났으며 야생 망아지도 타조가족들도 지나왔다. 지나고 지나고 먹고 먹히고 저 가시덤불 밑에서 모래 아래서 숨죽여 생존의 법칙을 준수하며 살고있는 작은 것들도 지나왔음이다. 누군가의 몸은 누군가의 밥이 되고 목숨이 된다. 죽음은 여기서 삶의 일부인 것.

졸면서 비포장도로를 한참 달린 듯한데 젊은 남녀가 새로 합류한

다. 네덜란드의 로타란 청년은 조수석에 타고 케스린이라는 포니테일 처자는 내 옆에 앉으니 이제 만석이다. 미모의 그녀에게 '애인'이냐 물으니 그녀는 NO!. 강하게 부정, 친구일 뿐이라고.

　해넘이를 보며 텐트촌에 도착하니. 사방이 엷은 오렌지 빛의 마른 풀밭이다. 광활하다 텅 비었다. 아니다. 가득 차있다. 말간 산소 알갱이며 바람, 빛살, 소리까지 하나로 몸을 섞은 것일까. 일망무제一望無際, 저 텅빈 無 속에 有가 있다.

우리 둘의 숙소는 텐트5호였다. 오커드는 뭐라 뭐라 빠르게 혓바닥이 굴러가는데 내가 못 알아듣고 크리스틴을 쳐다보자 그녀가 또박또박―"좀 쉬다가 7시에 이 나무 밑에 모여 저녁식사를 하고 쏟아지는 별을 보다 자러 가면 된다"고 자상히 일러준다.

소수스플라이 가는 길

소수스플라이는 사막 여행의 백미다.

이튿날 동트는 새벽. 별이 드문드문하다. 커피 한 잔을 마시고 나선 길. 자동차 소리에 작은 가시나무들이 밤새 이슬을 들고 섰다가 놀라 후드득 떨어뜨린다. 미안하다. "Don't worry. I'm just passanger." 소리쳐주고 싶다. 지금 가고 있는 사구는 Sossusvlei, 나마족 말로 물이 모이는 웅덩이라고. 사구는 많으나 여행객에게 허락된 것은 정해져 있고 우리 팀의 사구등반은 소수스플라이 외 데드플라이, 둔45, 세 개.

이제 태양은 우리차를 뒤에서 좇아오고 있다. 멀리 붉은 모래 산의 멋진 S라인이 소수스 플라이. 실은 나미브의 모든 사구들이 붉다. 700만 년 전 바람에 의해 형성되어 모래 속의 철분이 오랜 세월 산화철이 되어 붉게 보이는 것, 파도치는 붉은 사구들의 치명적인 아름다

움은 사람으로 하여금 말을 잊게 한
다. 햇빛의 방향과 각도에 따라 선명
하게 대비되는 명암의 능선은 날카로
워 보이기도 하고 부드러워 보이기도
하는데 고운 모래알들이 사스락대며
날리기도 한다. 자연의 예술품이며 신
이 읊조리는 음유시^{吟遊詩}가 아닐까.

바람의 나라 소수스플라이, 이윽
고 붉은 사구 앞이다. 소수스정상에서
더 할 수 없는 순일함이 나른하도록
아득해진다. 여러 대의 밴이나 트럭들
이 가득가득 사람들을 부려놓았으나
빈툭을 떠난 이후 우리 두 여자 외엔
단 한 명의 동양인을 보지 못했으니.
정말 우리가 대단한 곳에 왔구나싶다.
멍하니 섰다가 정신을 차려보니 다들
저 앞으로 가고. 올케도 빠르게 팔을
내저으며 벌써 사구를 오른다. 모래를
차내며 가파른 오르막을 걷자니 숨이
턱에 닿고. 비웃기라도 하듯 손톱만한

팀들과 함께 붉은 '소수스 정상'에 앉아 잠시 숨을 고르다.

딱정벌레가 나보다 빠르게 모래톱을 기어가고 있다.

최연소자인 케스린과 로타는 젤 빨리 정상에 도착, 희희낙락이다. 깔깔거리고 폴짝폴짝 뛴다. 예쁜 것들! 모두 정상에 늘어 앉아 숨을 고르며 찰칵 찰칵!

사구를 힘겹게 내려오면 부연 물웅덩이가 있는데 덤불 옆에서 올케가 복숭아빛 엉덩일 까고 쉬를 보고 있다가 내 눈과 마주치자 키득거린다. 나도 우습다. 낄낄낄.

웅덩이 한쪽 낙타가시나무* 몇, 제법 큰 그늘을 늘이고 있다. 우리가 사구등반을 하는 동안 그늘 아래 오커드는 상을 차려두었다 과히 파티 수준이었다. 밴의 꽁무니에 달고 다니던 짐칸에서 접이식 긴 탁자며 의자들이 내려지고 레이스 우아한 붉은 탁상보 위로 뷔페가 차려져 있었다. 우리가 잠든 밤 오커드가 직접 구운 빵이며 예쁘게 놓은 생오이, 치즈들, 과일그릇에 포크나이프가 세팅되고. 그뿐인가. 맥주며 손 씻을 이동식 방수 천세숫대야가 삼각발로 서 있으니 놀라움 그 자체. 잘 생긴 총각이 밤늦게 준비하는 모습이 삼삼히 그려진다. 그의 섬세한 감각이었다. 오늘이 바로 크리스마스이브였던 것.

---

* 잎이 2mm, 가시가 8cm, 가시는 처음에 부드럽지만 열매가 익을 쯤에는 창날같이 단단해지는데 초식동물로부터 보호키 위함이며 천년고목의 뿌리는 모래속 지하수를 찾아가기 위해 깊게 길게 뻗어 내린다.

'풀밭 위의 점심식사(마네)'보다 더 화사하고 아름다운 중식이었다. 낙타가시나무 그늘 속 예쁜 파티는 오래 잊지 못할 것이다.

다음 포인트인 〈데드 플라이〉, 〈둔 45〉는 얼마나 더 나를 사로잡을 것인가. 더 북쪽으로 올라가 〈에토샤〉에선 코뿔소며 악어, 누 떼의 대 이동을 볼지 모른다. 무엇보다 그리운 치타의 질주를 목격할 수 있지 않을까?

고요한

모래의 노래를

듣다

고독이라는 것이 존재한다면 이따금 천국처럼 그것을
꿈꿀 권리가 사람에게는 있을 것이다 나도 모든 사람
처럼 고독을 꿈꿀 때가 있다
— 알베르 카뮈 "안과 겉" 서문 중에서

사막은 많은 것을 보여주지는 않지만 귀한 것을 보여준다 했던가.

그랬다. 내가 본 나미브 사막은 숭고한 성화聖畵같았다. 텅 비었으나 가득 채워진 신성의 기운, 텅 빈 충만이란 이런 때 써야 할 것이다. 내게 있어 사막은 팍팍한 모래의 삶이어서 여기 나미브도 나 살던 도시의 일상도 다 사막이었다. 눈이 맵고 아픈 일상들, 그래서일까 내 졸시들은 늘 사막과 함께 가고 있었다. 그러니까 나는 일상의 사막에서 원초적 생래의 사막으로 이동해 온 셈이다. 나는 도피한 것인가? 찾아온 것인가?

전율이 온다. 경외로 가득 찬 시간들이다. 날마다 출몰하던 축축하고 불안하고 불길한 시간들은 잠시 접어두자.

'데드플라이' 그 침묵의 전언

'소수스 플라이'의 아름다운 곡선을 뒤로 다 삭은 나뭇조각에 '데드플라이' 1.1km'라는 이정표가 서 있다. 그리 멀지는 않은 모양이다. 〈Dead Vlei〉,글자 그대로 죽은 계곡, 물웅덩이였다가 지금은 모래 언덕들에 막혀 물이 흘러들지 못하고 증발된 호수의 흔적이겠다. 차에

복분자 닮은 얼음꽃

내려서도 30여분, 땡볕에 걸어가자니 하늘이 노래질 정도다. 길은 없다. 그냥 저 앞에 있을 목표지점을 향해 걸어갈 뿐. 훅훅 끼쳐오는 지열과 싸울 뿐. 모래를 볶고 있는 도가니 같다고나 할까. 땀도 나지 않는다. 땀이야 나겠지만 몸 밖으로 배출되는 즉시 증발해 버리는 것이다.

이 열탕 속에서도 생명들은 굳건히 견디고 있어 물갈퀴도마뱀, 전갈, 황금두더지, 모래뱀, 딱정벌레 등이 살고 있단다. 낮에는 햇볕을 피해 모래 속 에 숨었다가 해질 무렵 먹이활동을 한다. 식물 역시 모두

가시를 장착한 채로 어쩌다 띄엄띄엄 보이는 거라곤 모두 모래바닥에 찰싹 달라붙어 있다. 언제 꽃은 피웠던지 사막의 얼음 꽃 열매 같은 것이 꼭 복분자 모양이라 입에 넣었다가 에퇴퇴— 기급을 하고 뱉는다. 물컹한 벌레를 씹은듯 참기 어려운 맛이었던 것이다. 천천히 우리를 '데드플라이' 쪽으로 몰고 가던 영어 가이더 오커드가 보았는지 소릴 지른다. "No, no. Are you crazy? Don't eat." 독이 있다는 모양이다.

스티븐과 셀리느, 웨일과 크리스틴, 로타와 케스린, 이들은 다 연인들. 손을 잡고 걷거나 소근대며 걷는 축들인데 이 폭염 속에선 제각각 다리를 끌고 한 발 한 발 내딛을 뿐이다. 앞서서 팔을 내젓고 걷던 올케도 다리에 힘이 풀린 듯 느려지고 미식 유머를 날리며 자주 사람들을 웃기던(사실 우린 뭔 뜻인지도 모르면서 따라 웃어주었던) 의대교수 웨일도 조용하다. 숱이 적은 그의 머리통이 4시 반으로 기울어져 있다. 이 사막에서 유일한 아시아계인 올케와 나도 빨갛게 익은 얼굴로 말을 잃었으니.

드디어 '데드플라이'다.

모래 언덕으로 빙— 둘러친 아래 분화구 모양의 호수 흔적, 6,000년 전 증발되어 허옇게 말라붙은 진흙 바닥은 추상화를 보는 듯 알 수 없는 문양의 평지가 축구장 두어 개의 크기로 엎드려 있다. 군데군데 죽은 나무가 미라처럼 검게 서 있는데 이것은 낙타가시나무로 죽은 지 900년이 넘어서도 나무의 형상 그대로 꼿꼿하다. 나무를 쓰다듬어 본다. 돌처럼 굳어있다.

　‘데드플라이’ 와서도 커플룩차림의 로타와 케스린은 지친 기색도 없이 꽃사슴마냥 뛰어다니며 해해 거린다. 역시 젊음은 축복이다. 이쁘다.

　저런 그들이 어제 저녁은 시무룩해서 다투기라도 했나 싶었는데 나란히 텐트 속으로 들어갔다 나온 오늘 아침엔 저렇듯 생기발랄한 한 쌍의 바퀴벌레가 되어 깡총대며 돌아다니는 모습이 남까지 즐겁게 해 준다.

　거기서 삼사십 분의 자유 시간 동안 나는 또 호기심이 발동한다.

　염분이 말라붙은 듯 허여누르스름한 흙이 정말 짠 맛이 나는지 궁금해져서 흙을 떼어 입에 넣으려 하자 “아이구 형님, 먹지 말아요. 제가 보기엔 딱 유황 같은데요. 형님은 너무 실험 정신이 강해요.” 올케가 끔쩍 놀란 시늉을 하며 말린다. 푸른 것을 보기 힘든 모래 무더기 같은 곳에 연두 빛 철조망 같은 것이 엉긴 듯 보였는데 자세히 보니 잎은 전혀 없고 5cm가 넘을 듯한 가시만 가득 매단 덤불이다. ‘Nara Plant’로 아기 머리통만한 열매가 역시 가시를 가득 붙인 채 두어 개 열려 있다. 〈Nara 멜론〉이라 불린단다. 칼로 잘라 맛을 보겠다 하니 또 말린다. 먹지 못하며 자칼도 죽을

nara 멜론

데드플라이

만큼 목이 마를 때나 씹어 보기도 한다나.

생生과 사死가 공존하는 여기는 침묵의 곳 집, 독특한 분위기는 아름다운 설치미술 같다. '데드플라이'는 늘 죽음과 어둠 쪽으로 기우는 내 시적 사유와도 맞물려 이번 여행 중 가장 인상 깊은 곳 중의 하나로 남게 될 것이다.

'Dune 45'에서 바닥을 보다

둔은 모래언덕이란 뜻. 세스리움에서 45km 떨어져 붙은 이름이란다. 이 지역의 모든 사구는 세스리움을 기점으로 얼마나 떨어져 있느냐에 따라 이름이 붙여지는 것.

어느덧 '둔 45', 저 앞에 피라밋처럼 각을 세운 붉은 모래 언덕이 버티고 있다. 어디서들 들이닥치는지 벌써 오버랜드 트레킹 트럭 몇 대며 나미브, 유일한 호화 롯지에서 왔을 버스도 한 대 들어와 풍채 좋은 백인들을 게워 놓는다. 나미브의 원래 주인은 나마족이나 부시족 같은 종족, 그럼에도 이 지대의 흑인은 거의 다 백인을 위한 종사자들로 가난하다니 공연히 심사가 불편해진다.

이 오름은 '소수스플라이'보다 더 가파르다.

한 줄로 늘어서 모래를 차내며 등정을 시작한다. 멀리서 보면 태양의 쪽과 그 반대 그늘 쪽은 붉고 검은 대비색을 이루어 칼날처럼 날이 날카롭게 서 보이는데 우리는 그 모서리각을 밟고 오르는 것이다. 바람은 태양 쪽에서 그늘 쪽으로 불어 쉬임없이 고운 모래바람을 일으키고 앞 사람의 발자국을 지울 듯 지울 듯 일어나고 있다.

물보라일 듯한 고운 모래바람의 풍경을 한발 한발 다리 푹푹 빠지며 신의 영지를 순례하듯 경건함을 감아쥐고 걷는다. 움직이는 모래땅이라 풀 한포기 나무 한그루 뿌리 내릴 수없는 순수 태고의 영지가 바로 여기다.

얼마나 지났을까. 숨이 턱에 닿을 즈음

나는 정상을 저 앞에 두고 다리를 뻗고 앉는다. 아무 생각할 겨를 없이 한발 한발 등정하는 것도 좋지만 자연과 내 안의 소리에 귀를 기울여보고 싶은 거다. 바람이 일었던가. 미세한 모래의 움직임들이 리듬을 형성하며 누군가 허밍을 하듯 휘파람을 불 듯 미농지나 피리의 갈청 떨림 같은 음향이 온다. 모래의 노래였다. 어떤 새도 시냇물도 내지 못할.

언뜻 보니 내 쪽으로 기어오르던 엄지손톱만한 딱정벌레가 방향을 돌려 언덕 아래쪽으로 발발발 내달린다. 녀석은 해 뜨기 직전 모래 밖으로 나와 경사면에서 얼굴을 아래로 엎드려 있다가 등에 찬 새벽 이슬이 맺히면 이슬이 목덜미 쪽으로 굴러 떨어지게 해 받아먹는다고. 그리고 해가 떠오르면 다시 모래속에 숨는다고. 얼마나 고도한 생존의

namibia 사막

사막에서 잠시

비법인가.

이 아름다운 사막은 영국 BBC가 선정한 '죽기 전에 꼭 가보아야 할 100곳' 중의 한 곳이라고… 나미브는 세계에서 가장 오래된 사막이자 가장 큰 사구로 대서양에서 불어온 바람이 5,500만 년 동안 만들어낸, 현재도 만들어가고 있는 사막이다. 세상에서 가장 아름다운.

숱한 사구의 봉우리들을 보라, 저 아래로는 가시덤불만의 끝없이 바람이나 방문할 태초의 모습 그대로 양떼나 소떼 같은 낭만적 풍경은 찾아볼 수 없다. 성지를 순례하듯 사람들은 말없이 타박타박 모래를 차내며 오르는 것이다.

올케 이여사도 저 멀리 제일 높은 봉우리에 벌써 올라 만세를 부르듯 양손을 번쩍 쳐들고 섰음이 보인다. 그 놀라운 모습에 웨일은 하산해서 올케에게 Strong woman이라며 자기 애인을 앞에 두고서도 장난스레 아이 러브 유를 외치는. 유쾌한 남자였다. 마음조차 텅 빈 여기서 만큼은 아름답지 않은 사람, 아름답지 않은 시간이 있을까?

생활 속의 시간이란 늘 우리보다 앞서 달아나는 존재였다. 총알 같다고나 할까. 눈 떠보면 주말이거나 다른 계절이 도착해 있지 않던가, 그건 얼마나 쓸쓸하고도 안타깝던 낯선 시간과의 조우였던가. "엄마, 만약 시간을 돈으로 살 수 있다면 엄마와 나는 벌써 집도 뭣도 다 팔아먹고 길바닥에 나 앉았을 거야, 그쵸?" "빙고—!" 유전공학도로 자란 딸의 일갈이었다.

나미브 사막의 군막 같은 숙소로 유럽인에 맞추어 지었는지
우리 같은 동양인은 의자 위에 올라서서 세수를 해야 했다.

나는 누구던가. 바쁘게 돌아가는 세상에 순응하듯 살다가도 발작처럼 다시는 돌아오지도 않을 것처럼 일상의 골목을 훌쩍 떠나 혼자 이방의 땅을 헤맨다. 그러곤 문득 거짓말처럼 다시 돌아오곤 하는 것이 나였다. 그런 땐 긴 울음을 토한 것 같은 카타르시스, 제의를 마친 무녀처럼 멀쩡하게 돌아와서는 다시 힘을 받아 뛰는 것이다. 이번 역시 오랜 갈망으로 품었던 사막에 나를 풀어놓은 느낌이었다.

사방을 둘러봐도 태초의 붉은 모래가 사그락 댄다.

문득 잊고 살던 내가 보였다. 정신없이 뛰면서 사는 여자 집도, 직장도, 창작도 어느 것 하나 놓치고 싶지 않은 욕심 탓에 늘 피곤과 병을 달고 사는 여자가 신神의 땅에 서있다. 말개진 영혼이 웃고 있었다.

일행들의 목소리와 모래를 차며 내려오는 발소리에 나는 몽상에서 깨어 허둥지둥 함께 내려 왔으니. 꿈 속 같았던 하루라 할까.

숙소에 닿기 전, 작은 마을 솔리테어에 잠깐 들어간다.

이곳은 여행객들의 휴게소 같아서 소소한 용품이나 먹거리를 사들고 한 바퀴 돌기에 좋다. 키 큰 선인장, 사보텐이며 그 사이사이 무슨 설치물처럼 찝차며 주유기 등이 배치되어 있는 것도 나그네에겐 볼거리고 소박한 꽃밭을 가꾸며 원주민이 각종 목각제품이나 돌 조각품 같은 것을 늘어놓고는 팔리거나 말거나 한가로이 파리를 날리고 있는 풍경도 그림만 같다.

덤불 아래서 만난 카프카

사막에서 사막으로의 행군은 계속된다.

소음과 콩크리트의 숲에서 가시나무와 모래의 땅으로 이동한 것일 뿐 쫓고 쫓기며 제 깜냥껏 경쟁을 뚫어내야 살아남는다는 원칙은 같다. 어쩌면 이런 사막 같은 결핍이나 치열함이 삶을 지탱해 주는 원동력일 게다. 안면 가득 웃음을 그려 넣고 세상의 속도에 맞춰야 한다는 현실속의 나와, 늘 여기가 아닌 저기를 갈구하는 내 안의 여자는 샴쌍동이처럼 고집을 피우고 불화하는 겉과 안의 '나'들로 사철 시끄러웠었다.

> 나는 나 자신과도 공통점을 갖지 못한다. —카프카

슬픈 카프카의 눈빛

어쩌면 지적 정신적 갈망을 가진 이들은 너나없이 제 안의 분열된 두 자아 사이에서 끊임없이 스스로를 닦달하며 부데끼리라. 불화하는 두 개체는 한 몸이되 하나는 아닌 것이다. 어이 하겠는가 이 괴리를…

154

당신은 당신의 사막 위에서 어떻게 견뎌내고 있는가. 생生은 모두 견딤이라는 진실 앞에서 한시도 반시도 우리에게 사막 아닌 곳이 있던가.

여기 모래의 온도는 60℃까지 오른다. 폭력적 열기와 모래의 사막에서 내가 도시에 두고 온 그 쓸쓸하고 춥던 사막을 생각한다. 결국은 다 무위에 다름 아니겠지만 나는 다시 돌아가 현실을 질주할 것이다. 탱탱한 독을 뻗혀들고 외롭게 달리는 전갈처럼.

오늘은 12월 25일, 사막에서 맞는 크리스마스 파티의 밤이 있다.

오커드가 롯시의 레스또랑에서 뷔페를 쏜단다. 어디서든 파티란 설렘을 주는 것. 텐트에 도착하기 무섭게 롱 원피스에 얇은 샌들로 치장을 하고 나섰더니 웨일이 걸죽한 목소리로 원더풀을 연발한다. 야외 파티장은 깔끔했고 우린 오랜만에 과일과 술로 호사를 누렸다. 조용하고도 성스러운 밤이 흐르는.

달이 뜨고 야트막한 울타리 너머 낙타 가시나무 아래서 귀족스러운 뿔을 가진 큰사슴과의 오릭스가 줄곧 우리를 보고 있기도 하던 낭만의 밤이었다.

다들 조금씩 취해서 텐트로 들어가고 나는 자정이 지날수록 선명

질주하는 치타

한 별밤이겠다 싶어 살그머니 혼자 나온다. 텐트 근방을 어설렁거리는 자칼이라도 나타날까 조마조마하며 랜턴을 바닥에 켜 둔 채 하늘을 보니 사막의 주먹뎅이 만큼씩한 별들이 쏟아질듯하다. 하늘을 가로지르는 구름띠 같은 것은 은하수일 것이다. 이 은하수는 지구 전체를 띠처럼 두르고 있어 남반구든 북반구든 다 볼 수 있단다. 저쪽에서 유난히 크게 반짝이는 것은 남십자성이 아닐까? 모르겠다.

어둠 저편에서 바스락대며 지나가는 건 사막여우? 자칼?. 우리나라 중강아지만한 자칼이 뭐 무섭다고. 그래도 으스스하다.

멋진 하루를 보낸 다음 날 아침은 술이 덜 깬 듯 얼굴들이 부스스하다. 깎은 밤같이 깔끔한 오커드 만이 여일한 모습으로 다가와 오늘은 운이 좋으면 big five를 만날지도 모른다며 사반나 지역으로 차를 몰아주었다.

치타를 비롯해서 사자, 코뿔소, 표범 등이 서식하는 일종의 보호구역인 사반나, 오렌지 빛 초원엔 드문드문 가시덤불이나 사막 나무가 서 있다. 큰 짐승들은 덤불 아래 주로 있어 가이더는 안테나를 높이 쳐들고 우리를 인솔했다. 스티븐과 셀리느가 낄낄대며 웃자 "쉿!ㅡ" 손가락을 급히 입술에 갖다 붙이는 오커드, 지금은 한낮, 낮잠을 자거나 쉬고 있는 시간이라 우리가 접근할 수가 있는데 자극을 주면 공격성이 살아날 수 있어 목숨이 위태로워진다고.

저쪽 멀리, 11시 방향이다.

부옇게 이는 먼지구름이며 빠르게 질주하는 짐승은 가젤을 좇고 있는 치타일 것이다. 저 속도라니… 조금만 가까웠어도 볼 수 있을 것을.

안테나를 따라간다. 오커드의 발걸음이 극도로 조심스러워지면서 그가 가리키는 큰 덤불 밑에는 치타 두 마리가 우리를 지긋이 바라보고 있다. 보호구역 중에서도 이 근방은 센스를 부착한 치타들이 있단다. 보호 차원에서겠지만 왠지 사육당하는 짐승 같아 불편한 심기는 어쩔 수 없다. 인간이 관여하지 말고 그냥 두는 것이 최선의 보호책이지 싶은데…

가까이서 보는 치타의 눈물 선은 더욱 슬펐다.

"치타, 카프카의 슬프고도 깊은 눈빛을 너에게서 본다. 그 시선 속에 나의 쓸쓸한 한 때도 있다. 그대 보호구역을 떠나 포식자와 피식자가 함께 살아가는 저 너머로 탈출하면 좋겠다. 가서 그대의 속도를 완성하면 좋겠다. 이 안전지대를 떠나 걷기의 배고픔과 고통 속에 그대의 속도를 직접 체득케하여 강한 네 새끼로 성장시키고 싶지 않니? 저 황량한 전쟁터 속이 너의 땅 아니더냐." 나는 속으로 부르짖으며 조셉 M.마셜 말에 귀 기울이라고 안타깝게 일러준다.

그래도 계속 가라

어떤 고난과 역경도 그 속에서 내딛는 네 미약한 한 걸음보다 강할 수는 없다—고

'날마다 제 현재를 반역하는 것은 고통이지만 제 영혼을 진화시킬 가장 가까운 방책이란 거 알지?' 내 자신에겐지 치타에겐지 모를 중얼거림이다. 멀리 사막나무 한그루 마른 손가락처럼 저물고 있다. 다시 길을 나선다.

혼자가 아니라도

홀로인 시각

죽을 만큼 쓸쓸해서

크─악, 소리라도 질러 보고 싶은

낯선 땅

생명기원의 땅,

아,

아프리카

당신이 진실로 배를 만들고 싶다면 사람들에게 일을
지시하고 일감을 나눠주는 일을 하지 말라 대신
그들에게 저 끝없는 바다에 대한 동경심을 키워주라
— 생 텍쥐페리

흐르는 풍경에 시선을 둔 채 몇 번이고 중얼거린다.

'아름답다. 이 순결한 자연속에서 죽어도 좋겠다.'고

저 넓은 대지위에 아무도 곡괭이를 휘둘러 일하는 자 없지만 여기는 수만 년 부족함 없이 생명이 지속되고 있다. 道常無爲 而無不爲(도상무위, 이무불위), '도道는 늘 함이 없으면서도 하지 아니함이 없다.'고 노자는 무위자연無爲自然을 말하지 않았던가. 저 광대한 자연에서 현자의 도道를 본다.

오래 아프리카를 붉은 사막을 그리워 했었다. 팍팍한 일상의 사막 속에서 동경한다는 것 그리워한다는 것은 어디서 오는가? 고독이다. 혼자 있음의 고요. 생각 속의 나래짓.

그렇다. 나로 하여금 세상에 존재하지도 않는 이상세계를 지향하는 시인으로 살게 한 것은 바로 고독 속의 동경이었다. 숨 막히게 돌아가는 현실에 휘둘리면서도 내가 그리워하던 멀고먼 나의 스와니를 꿈꾸는 것만으로도 삶의 큰 활력소가 되어준 것. 내 현실의 사막보다 더 메마르고 황량한 아프리카의 사막에서 열사와 목마름과 포식자들 속에서 어떻게 살아남는가를 그 생존의 고통을 직접 맞닥들인다면 내 삶이 보다 더 겸허해지리란 생각, 어쩌면 온갖 기계 문명의 문화를 누리고 살면서 못 살겠다, 죽겠다 입에 달고 사는 우린 호사에 겨운 비명임을 부끄러워하게 되리란 생각, 상상 속의 나래 짓은 이렇게 한 발 한 발 꿈 쪽으로 나를 접근시켰던 것이다.

밥은 몸을 주었지만

고독은 내 꿈 쪽으로 더 가까이 다가가게 하는 지름길이었던 것.

빙하의 흔적을 사막에서 만나다

지구에는 1억 7천만 년 전 공룡 대 멸종으로 다섯 번째 대 멸종이 있었다. 이름하여 빙하기, 2만 2천 년 전 마지막 빙하기였던 제4 빙하기가 있었고 이 현대가 제6 빙하기의 초입에 들고 있다고 혹자들은 말한다. 그런 연고로 해서 온갖 기상이변, 재해재난들의 재앙이 끊임없이 발발되고 있다는 것인데 지금 우리는 오렌지빛 평원을 달리며 그 마지막 빙하의 흔적을 아프리카, 그것도 사막 한가운데 있는 세스리움 케넌을 찾아가는 길이다.

저 엷은 오렌지빛은 어디서 온 것일까. 잠깐의 우기에 후다닥 싹 터 나와 며칠 사이에 꽃 피우고 씨 맺고는 뜨거운 열기에 바로 메말라버려 저리 고운 오렌지빛 풀밭이 되었을 듯. 융단같다. 보드랍겠지. 차를 내려 가까이 가 만져보니, 아이구야 우리 야산에 흔히 보던 억새보다 더 뻣뻣하다. 마침 작은 덤불 옆에서 스프링복 수컷이 암컷 뒷다리를 툭툭 치며 구애 작업 중이다. 요즘 같은 건기가 짝짓기 철이란다. 머잖은 우기에 새끼를 낳아 연한 새풀을 먹이기 위함일 것이다. 멀찌

세스리움 케넌에서

감치서 자칼이 이들을 구경하고 있는데 어제 밤 우리 텐트 옆을 쿵쿵거리며 어설렁대던 녀석일지도 모르겠다.

갑자기 평원이 사라지고 각양의 색깔로 지층을 보이는 구릉지대가 출현한다. 여기가 그 빙하의 지형인 게다. 아프리카도 한 때 빙하대륙이었음을 실감케 하는데 그 까닭은 5억 오천만 년쯤 전, 초대륙이던 '곤드와나' 대륙이 여러 대륙으로 쪼개지면서 아프리카 대륙이 남극 위치에 놓이게 되어 빙하대륙이 되었고 다시 적도 쪽으로 이동하면서 빙하는 녹아 흐르다 이런 지형이 형성되고 물은 증발했던 것이다.

바로 이곳이 세스리움 케년,

가파른 협곡은 마치 동굴로 들어가는 입구만 같아 한 줄로 늘어서서 내려가니 서늘하고 짙은 그늘이 지는데 우리는 마치 무슨 크레바스에 빠진 듯 양옆 위쪽으로는 낭떠러지로 까마득이 올려다 보인다. 좁은 협곡은 고개를 젖히면 푸른 하늘이 좁다랗게 흘러가는 시냇물 길같고 높다란 양 절벽의 구불구불한 사암층 사이사이에 빙하의 퇴적물들이 화석처럼 박혀있다. 지금도 비가 오면 2, 3미터의 깊이로 물이 흐른다는데 건기의 끝자락인 지금 케년 안에는 얕은 물웅덩이가 흔적처럼 남아 있고 작은 새 한 마리 혼자 목욕을 하고 날개를 털다 인적에 놀라 크레바스 위쪽으로 날아 나간다. 공연히 미안하다.

이제 우리 아홉 명의 전사들은 길을 바꾸어 광대한 자연 속에서 모든 동물이 제 본성대로 야생을 누리고 사는 세계 제1의 에토스 국립

공원을 향해 달린다. 북으로 북으로, 황무지를 지나고 덤불숲을 지나고 몇 시간을 달려도 어찌 마을 하나 눈에 띄지 않는가 싶다. 얼마를 달렸을까 다들 쉬가 마려울 때쯤 영어 가이더 오커드는 귀신같이 알고 차를 세우는데 거친 바위며 돌너덜 쪽을 돌아서 가니 제법 큰 키의 포플라잎 비슷한 잎새들을 매단 나무들이 듬성듬성 숲을 이루고 있다. 나미비아의 식물은 거의 가시를 달고 있는데 버니트리라는 이 나무는 예외였다. 흑인의사 웨일은 연인에게 "크리스틴, 이 버니트리잎은 코끼리가 가장 좋아하는 건데 아무리 먹어도 어디 배가 부르겠어?" 하니 지친 듯 보이던 여자가 "그럼 이건 코끼리 비스킷 나무겠네" 대꾸를 한다. 방년의 케스린이 조랑말 머리꽁지를 출랑거리며 "아, 코끼리 비스킷, 재미있다. 이제부터 그렇게 불러요." 깔깔대니 늘어져있던 대원들 모두 웃음을 띠고 생기가 돈다. 그때였다. 내가 코끼리 비스킷잎은 얼마나 맛있나 보자며 이파리 하나를 입에 따 무는데 갑자기 후두둑대며 소나기가 쏟아진다. 차 쪽에서 올케, 이여사가 "아이구 형님 비와요 빨리 좇아오세요." 부르는 통에 냅다 달려가 밴의 문짝 계단에 젖은 발을 놓는 순간 쭉 미끄러지며 차의 문짝 모서리에 꽈당! 울고 싶을 만큼 아프다. 정강뼈와 철문이 충돌하여 피가 쉴새없이 솟는다. 붕대로 둘둘 말았으나 피는 쉬 멎지를 않는다. 전날 밤 꿈에 하얀 양의 뒷다리께가 얼룩덜룩 핏자국 같더니 역시 꿈땜을 한 듯… 여행 중에 이만하기가 천만다행이다 싶어 절뚝거리면서도 룰루랄라 내 역마살은 행복하기만 했다.

에토샤의 팬팬(납작한 냄비 바닥 같다 해서 붙은 명칭)

거의 에토샤에 다 왔겠다싶은 때에 오커드는 눈이 믿기지 않는 곳에 우리를 부려 놓는다. 차에서 내려 사방을 둘러보아도 물, 물, 물. 분명 바다 같은데 어찌 우유빛의 허연 물이며 조개껍데기는 고사하고 물풀 한 가닥 안 보인다. 그렇다면 '죽은 바다?' 아니었다. 이곳은 바다가 아니라 에토샤 팬pan이라고… 즉 팬은 후라이팬처럼 바닥이 조금 꺼진 형태의 평지라는 것이다.

Etosha Pan은 길이 130km, 너비 50km에 달하는 광대한 곳으로 평소에 뜨거운 태양 아래서 거의 말라 있어 '마른 물의 땅'이라고도 부르는데 이렇게 끝없는 호수를 이룬 것을 보면 아까처럼 비가 몇 번 온 모양이다. 이곳도 역시 그 빙하의 흔적으로 옛날 지구의 초창기에 빙하대륙이었다가 점차 적도로 이동하면서 녹아내린 빙하에 의해 pan이 된 거라는데 더욱 놀라운 것은 바로 이곳이 7억 년 전 지구에 최초로 등장한 생물이 화석 상태로 현재 존재하여 지구 생명체 기원의 땅이라는 것. 경외감과 불가사의한 느낌을 안고 에토샤의 중심을 향해 차는 또 나선다.

덤불 속의 부시맨을 추억하다

지금까지는 양 사방이 황량함 그 자체라 척박한 사막에 뛰엄뛰엄

가시덤불이 지루할 만큼 계속된다. 여기서 멀지 않은 곳에 칼라하리가 있을 것이다. 문득 덤불속에 산다는 부시맨이 생각난다.

영화 '부시맨'에서 비쩍 마른 몸에 더없이 눈이 선하던 주인공 카이, 표정만 떠올려도 미소를 절로 짓게 되는… 그가 하늘에서 떨어진 콜라병을 버리겠다고 이글거리는 태양아래 끝없이 땅끝을 찾아가던 영화의 장면이 떠올라 혼자 씨익 웃어본다.

bush는 덤불이란 말. 즉, 부시맨은 영어로 덤불에 사는 사람이다. 원 종족이름은 산San족으로 살아있는 세계문화유산! 부시맨은 남아프리카의 원래 주인이었다. 석기시대 이후 바닷가에서 사냥과 고기잡이로 살던 유순한 성격 탓에 추장도 족장도 없이 가족단위로 문화를 이루며 살던 이들은 호전적인 반투족이나 츠와나 족에 쫓기고 19C에 들어와 백인에게까지 쫓겨 칼라하리 사막으로 피해버렸다는데 이 평화로운 족속들의 철학이 예사롭지 않은데

첫째, 노인들에게 사냥기회를 주기 위해 몸이 작고 느린 사슴이나 토끼는 눈에 보여도 잡지 않는다는 것.

둘째, 야생의 열매를 딸 때는 반드시 씨앗이 될 만큼은 남겨두며 벌집도 꿀을 다 따지 않고 벌들이 먹을 만큼 남겨두고 딴다는 것.

셋째, 물 마시러 오는 동물들을 위해 우물 근처에는 절대 덫을 놓지 않는다는 것.

부시맨

이 얼마나 아름다운 삶의 철학인가, 아메리카 인디안들의 지혜를 떠올리게 한다. 이 부시맨 철학 3개 항목은 아프리카 현지에서 여행사를 하며 우리에게 많은 정보와 도움을 주었던 루시황의 블로그에서 허락을 받고 베껴온 것임을 밝힌다.

사막여우

끝없이 이어지는 나지막한 덤불들, 가끔씩 이정표처럼 낙타가시나무가 우산처럼 가지를 펼치고 섰다. 한참을 그리 지나는가 했는데 어느새 초록풀밭이 보이고 앙증맞은 새끼를 거느린 타조가족이 도로를 건너간다. 우리는 시동을 끄고 그들의 안전한 행보를 위해 기다려주기도 했다. 먼지바람 일던 메마른 평원이 비온 뒤 한 나절 만에 초록세상이 되다니. TV 다큐물에서나 보던 풍경이다. 군데군데 꽃들이 피고, 가시난간 위 작은 새 앉아 휘리릭 댄다. 거짓말처럼 나비도 한두 마리 눈에 뜨인다. 어디서 온 것인가. 곧 습기가 증발하고 나면 그들은 또 어디로 몸을 숨기는가.

궁금했지만 몇 마디 짧은 영어로 물어 볼 재간이 없다. 그저 잘 생긴 오커드의 뒷통수나 바라볼 밖에는.

저녁 6시 경, 숙소가 있는 에토스 롯지의 거대한 철문 앞에 이르렀다. 철문이 아주 천천히 열리며 우리를 맞아 준다.

저녁식사 후, 스티븐(오스트리아 엔지니어)이 와인을 쏘겠다 하여 일제히 환호를 보내며 좋다고들 난린데. 술을 전혀 못하는 올케가 내 옆구리를 쿡쿡 찌르며 "형님 저 먼저 자러 갈게요" 한다. "잘 찾아갈 수 있겠어? 쫌만 있다 같이 가. 숲길이 여러 갈래던데…" "염려 마세요." 하며 전지를 비추며 나간다. 그러나 아니었다. 술자리는 늦도록 갈 것 같고 잘 알아듣지 못하는 영어 담소를 대충 짐작으로 때리다 슬그머니 일어나 돌아가는데 후레쉬로 비추어 보지만 그 길이 그길 같고 자꾸 헤매다가 겨우 647호 우리 방갈로를 찾아 들었다. 그런데 올케가 없다. 침대에도 뒷간에도 아무리 불러도 밤의 찬 공기만 괴괴할 뿐 대답이 없다.

롯지 안은 방벽을 친 보호구역이니 큰 짐승이야 없을 터이지만 이 밤중에 말도 통하지 않는 이 사람이 어딜 헤매고 다닌단 말인가. 후덜거리는 다리로 술 자리에 돌아와, "헤이 오커드, 미스터 웨일, 이여사가 숙소에 없다. 길을 잃은 것 같다. 도와줘" 술을 마시던 7명의 일행이 총 맞은 듯 후다닥 일어나 둘씩 나뉘어 '미세스 리'를 외치며 방갈로마다 묻고 다녔다. 쬐그만 동양여자 못 봤냐고. 나는 거의 울음 섞인 목소리로 "올—케" "이정수욱—" "정숙아~" 목이 터져라고 부르고 다녔다.

다급한 중에도 "이 사람을 잘 부탁해요" 당부하던 동생의 얼굴이 떠올라 더 가슴이 천근만근이다. 그때 부르는 목소리를 들었음인가 저쪽 캄캄한 건너편에서 "형님, 형님이세요?"하는 목소리가 들린다. 반가

사막의 노을

와 거의 통곡하며 달려가니 정작 본인은 별 일 아닌 듯 아무리 돌아 다녀도 숙소를 찾을 수가 없어 다시 불빛이 제일 밝은 관리동으로 돌아오는 중이라고… 십년감수, 그때를 생각하면 지금도 가슴이 서늘해진다.

방갈로는 낮에 언뜻 보기에 마른 나뭇가지로 대충 얽었다 싶지만, 자세히 보니 내부는 군용천막으로 사방이 마감처리 되어 지프를 열면 숲 속 풍경이 내다뵈는 예쁜 창이 되기도 했다. 세면기며 화장실은 문 바깥에 있어 우린 용변을 볼 때 서로 보초를 서 주기도 하고, 서양인에 맞춘 높은 세면대라 까치발을 하고 물을 찍어 바르며 낄낄거리기도 했다. 여행 중 내내 스스로 놀라워 한 것은 평소 양반은 탕이 있어야 한다며 꼭 국을 고집하던 내가 끼니마다 먹는 빵과 잼과 과일 몇 조각에도 질리지 않으니 정말이지 난 역마살의 귀신이 아닌가 싶다.

야생의 낙원 에토스

잘 자고 난 아침 6시, 곧 동이 트려나 보다. 뭐든 빠르게 목구멍에 털어 넣고 밝아오는 숲을 내다본다. 잃어버릴 뻔한 올케도 찾았겠다. 느긋하고 행복하다. 여행도중 하반으로 넘기고 있어 깎은 밤톨 같던 오커드는 얼굴이 빨갛게 익고 다들 물집이나 작은 상처들로 몰골들이 여행객 특유의 추레함이 보이기 시작하지만 마음은 지치지 않는 기색들, 짐은 숙소에 둔 채 본격 게임드라이브(사파리)에 나서 동물들을 대면할 참이다.

　가장 흔하게 눈에 띄는 것은 스프링복, 스프링처럼 폴딱폴딱 뛴다 해서 붙여진 이름이며 뿔이 너무 귀족스러워 인간들에게 희생당하는 오릭스며 얼룩말가족이 나타날 때마다 비명을 지르고 셔트를 누른다. 태양은 중천으로 오르고 열기는 심해져 다들 물병을 쉼없이 넣다 뺐다 하며 눈은 줄곧 차창 밖으로 달려가 촐삭대던 로타와 케스린조차 조용하고 가끔씩 '우왓 기린이다' '악어다아' 등 외마디처럼 내 뺄고는 다음 출현 동물에 궁뎅이를 들썩이는 거였다.

　군데군데 물웅덩이, water hole에는 크고 작은 조류며 야생의 식구들이 물을 마시는데 포식자가 나타날까 늘 주의를 살피는 것이 쉽고 편안한 낙원만은 아닌듯 보여 안쓰럽다. 먼지를 부옇게 달고 달리는 찻소리에 기린 아저씨가 덤불 위로 길다란 모가지를 빼고 서서 우릴 넘어다보아 우리도 손을 흔들어 준다. 망원렌즈의 사진기라도 있다면 기린의 선한 눈망울을 찍을 수 있었을 터인데 우린 둘 다 손바닥보다 작은 디카 밖에 없다는 것이 못내 아쉬웠다.

　건기는 6월부터 6개월, 지금은 12월 말이니 아마도 건기가 끝나가고 우기가 시작되려는지 메마른 땅 가시밖에 없던 나무들이 스콜 두어 번 쏟아지자 담박에 초록의 옷을 갈아입었다. 죽었지 싶은 누런 풀

에토샤의 워터홀

들이 어쩌면 일시에 이렇게 싱그럽게 변할 수가 있는가. 에토샤는 사방에 길을 숨겼다가 날마다 새로운 길을 내 놓았고 오커드는 끼니 맞춰 식사를 즉석에서 차려내주며 구석구석 우리를 이끌고 다녔다.

　지평선 안엔 스콜 후의 새파래진 평원 수백 리에 수십 수백 마리의 가젤이나 스프링복같은 초식생들이 새끼와 함께 풀을 뜯고 있음을 본다. 그들은 접근해오는 포식자를 빨리 발견키 위해 탁 터인 평원을 고집하는 것은 약한 것들의 지혜일 것이다. 무엇보다도 에토샤에 입성한 지 사흘 만에 우린 가시나무 밑에서 갓 낳은 새끼를 핥고 있는 치타를 숨을 죽인 채 보기도 했다. 보호구역이 아닌 야생의 치타를 눈물겹게 지켜보고 있을 땐 바늘 떨어지는 소리도 들릴 듯 고요하고 경외스럽기까지 하다. 설레는 마음에 코끼리도 코뿔소도 곧 보리란걸 믿으며…

　내일이면 에토샤를 떠나 케입타운으로 향할 것이다. 그래 그런지 오커드는 2시간의 자유시간을 선물처럼 주었다, 잠깐 사이에 다들 어디로 사라졌는지 흔적이 없다.우리 둘도 여행자의 쉼터 그늘막에 앉아 서울은 지금 세밑인데 눈이 왔을까? 김정일 사망소식 후 남북국면은 어떤 영향을 받을까? 얘길 나누다 나는 water hole로 내려간다. 웅덩이는 말간 눈동자 같았다. 그 눈엔 높은 하늘이 들어와 있고 물속에서 수리 한 마리 북북 서로 날아가는 것도 한 떼의 양떼 구름도 보인다.

　쪼그려 앉아 나를 낮출수록 더 많은 세계가 비추어 진다. 그래 늘

그랬지 제 몸을 아래 두었을 때 작은 미물의 세계도 더 이상 작지 않아서 선명하게 다가오지 않던가. 바싹 얼굴을 물 쪽으로 갖다대니 거울 같은 수면에 붉게 익은 얼굴 하나 못생기고 낯설다. "너 누구냐?" 처음 거울 속 자신을 본 침팬지처럼 못생긴 낯짝에 꿀밤을 먹여본다. 수면이 일그러진다. 심리학에서 자아인식이 되기 전엔 거울 속의 자기는 타자로 인지되어 공격성을 드러낸다 했던가?! 다시 가만히 들여다보면 분명히 '나다'. 나의 욕망과 무의식이 투사된 붉은 얼굴 하나, 무엇을 찾아 여기까지 왔을까.

거울은 나를 반사하면서 또한 나의 총체성을 재현하는 것. 거울 (물)속의 사랑스러운 나는 나르시스적 주체의 자아찾기인 것이다—이승훈의 '라깡, 거꾸로 읽기'에서

물웅덩이 맞은 편에서 검은 뇌조 한 마리가 말끄럼히 나를 건너다보다 안심이 되는지 물 한 모금 마시고 하늘 한 번 보고 물 한 번 마시고 하늘 한 번 보고를 반복한다. 나도 물속 구름 보고 하늘 한 번 보고 물속 새를 보고 하늘 한 번 보고…

360도의 지평선은 아무리 봐도 인간계가 아니다. 현실이 아니고 어느 소행성에 닿은 듯 착각이 든다. 어린왕자와 사막여우, 바오밥나무가 여기 어디 있는 것이 아닐까 싶은…

초록별의

땅끝마을에

서다

그대가 곁에 있어도 그대가 그립다.
— 유시원

다시 달린다. 케이프타운행을 위해. 빈툭으로 되돌아가는 길.

내려 올 길을 사람들은 왜 오르는 것이며 되돌아 갈 길을 나는 왜 나섰던가. 운명일 것이다. 우연과 필연이 합쳐질 때 사람들은 그것을 운명이라 부르겠는데 그것은 어떤 인因에서 오는 과果일 것이다.

늘 병약한 어머니는 어딘가로 떠나고 싶어 먼눈을 지으셨었다. 어머니의 한을 내가 풀고 있는 것일까. 내 역마살 말고도 낯선 것들에 대한 동경이 나를 끌고 다닌다.

'항구에 매여 있는 배는 언제나 편안하다. 그러나 배의 소명은 더 큰 바다로 나가는 것'인 것을. 세상의 아름다움도 고통도 가까이서 가슴으로 느끼고 싶은 욕망 때문이리라.

우리별이 많이 아프다 했다. 도시를 넘어 산골 오지까지 이 나라 저 나라 할것 없이 오염과 사건사고들이 사회면을 장식하고 있다. 먼 먼 옛날 한 핏줄이었을 나라들이 종교가 대를 이어 전쟁을 치르는 역사다.

지나친 인간의 욕망과 문명들로 해서 바다도 육지도 앓는 것이다. 이로 인해 파괴된 자연이 인간을 향해 반격해 오고 있음이겠다. 뭇 생명들을 인간을 품고 먹이던 자연, 자비롭기만 하던 자연이 벌떡 일어서서 황사바람으로 쓰나미로 질병으로 인간에게 선전포고를 하고 되갚아 주려함이다. 저들의 상생을 보라.

우리도 저 자연의 미물들처럼 타자들에게 해악을 끼치지 않고 살아가는 방법은 없는 것일까?

꽃보다 아름다운 사람들

빈툭으로 가는 고속도로는 외길이다. 양옆 끝없는 오렌지 빛 평원에 단 한줄의 까만 길. 내가 달린다. 풍경이 달린다. 휙휙 지나가는 시간의 풍경들. 낙타가시나무도 가시나무 위 새들도. 어린 젊은 늙은 시간들이 달린다. 함께 우주를 달리는 초록별의 족속들. 미워하고 사랑하고 전쟁하는 눈물의 족속들. 모두가 남이면서 나이면서 잠깐 이 우주에 합승한 티끌 같은 바람 같은 족속들이다.

내 상념 사이로 오커드가 별안간 속도를 늦추었다. 속살거리던 로타와 포니테일 케스린이 뺨을 붙인 채 창밖을 내다보고 입 벌리고 자던 검은 고래 웨일도 "뭔 일이여?" 부시시 상체를 일으킨다. 앞차가 신부 걸음이다. 아무리 앞차가 느리게 가도 크락션을 울리지 않는다. 그러고 보니 뇌조 가족이 궁뎅이를 되뚱거리며 한 줄로 서서 종종걸음으로 도로를 가로지르고 있다. 몇 가족이나 되는지 금방 끝날 것 같지 않으니 떡 본 김에 제사 지낸다고 길 옆 낙타가시나무 아래 웅덩이 있는 옆으로 차를 대고 잠시 쉴 모양이다.

남자들이 돌아서서 쉬를 볼 동안 올케, 이여사와 난 하릴없이 물

힘바족

속이나 들여다보는데 바람이 수면을 흔들어 작은 물결을 일으킨다. 그러나 그 맑음에 전혀 다름이 없다. 나는 어떤가. 바람 같지도 않은 바람, 누군가의 작은 한마디에 마음자락은 물결이 일고 캄캄 흐려지는가 하면 별거 아닌 칭찬 한 마디에 마음이 풍선처럼 부풀던 내가 보인다.

졸다 깨다 얼마를 왔을까. 문득 눈뜨니 낯익은 빈툭의 거리에 들어와 있다. 교차로 옆, 거대한 플라타너스 그늘 아래 힘바족 여인 둘이 수공예품을 길바닥에 늘어놓고 파는 모양이다.

언제 봐도 멋진 여인들. 온몸이 붉은 황토색이다. 가닥가닥 길게 땋아 내린 레게 머리도 얼굴도 드러낸 가슴도 염소가죽의 미니 스커트도 다 붉다. 이 여인들은 오찌데라고 하는 붉은 돌을 가루 내어 양젖으로 만든 요구르트와 허브향을 섞어 온몸에 바르는데 평생 목욕을 안하는 대신 날마다 오찌데 유액을 발라 반질반질 치장을 한다 했다.

늘씬한 키에 머리치레며 목걸이 팔찌 발찌에 예쁜 가슴, 아기 때부터 치장을 해온 터라 아프리카 제일의 미인들로 인정받는다고. 특히 성년식을 통해 앞 아랫니 네 개를 망치로 빼버리니 아프리카 특유의 돌출입술이 없는 미인이란다. 무슨 일인지 몰라도 힘바족 남여 비율은 1:11, 남자들은 15세 이전에 사망하는 일이 많다니 자연히 일부다처제일 수밖에 없단다. 해서 여자는 아기일 때도 결혼 가능한 조혼제며 아기가 16세 되기 전까지 남편은 부양만 할 뿐 잠자리는 하지 않는다니…

미덥기도 해라 힘바족의 남자들이여. 당신들의 미덕에 박수 보 낸다.

뿐이냐 추장이 없는 이 족속들은 더없이 민주적이며 여자들은 남 자로부터 양 다섯 마리로 청혼을 받고 결혼 후에도 여러 남자 친구를 두기도 한단다. 에구 부러워랑ㅋㅋ

빈툭 중심거리를 벗어나니 바로 사막으로 떠나기 전 묵었던 억새 지붕의 게스트 하우스가 나온다. 서쪽으로부터는 아프리카의 파스텔 톤 황혼이 곱게 내리고 있었다.

도착과 동시에 우리 8명의 전사들은 good by saying을 주고 받 으며 Thanks를 연발한다. 영어 가이드면서 기사면서 주방장이었던 우 리들의 완소남, 오커드와도 아쉬운 이별의 악수를 나눈다. 빨갛게 익 은 오커드의 잘생긴 얼굴이 마냥 안쓰럽다. 아름다운 사람들이여, 안 녕. 행복했다.

See you again later.

작은 유럽 케입타운

날이 밝자 마음이 급하다. 케입타운 행 비행기를 타기 전에 아침 을 챙겨야 하는데… 게스트 하우스 주방에서 라면을 끓여 먹겠다고 더듬거리는 내게 냄비를 찾아주고 가스불을 켜주고 양념통들을 알려주는 일본 남자는 비치된 토스트와 잼도 챙겨 먹으라 일러준다. 그래 여행지에선 누구나 가족같이 친구같이 챙겨주고 싶은 법.

좀 시끄러운 경비행기로 제주도 거리만큼 날아왔을까. 케입타운이다. 아프리카에서 가장 오래된 도시라 Mother city라 부르기도 한단다. 유럽이 세계를 주무르던 18C, 인도를 찾아가는 중간 기착점이었던 여기 네덜란드인도 영국인도 눌러앉아 지배자를 자처했으니 그래서겠지만 케입타운의 건물들도 생활문화도 유럽식이다.

세상의 끝 케이프타운, cape의 뜻도 '끝'이다. 기후가 워낙 온화하여 나미브나 사하라완 비교가 안 되고 그야말로 시드니나 샌프란시스코에 비견되는 도시, The most beautiful land's end다.

그러나 여기도 빛과 그늘이 공존하는 곳. 공항에서 시내에 들어가기까지 외곽 N2 고속도로변, 양철집 늘어선 저기는 타운쉽(빈민촌)이다.

한 도시의 거류민 중 200만이 저 양철집에 산다니 그들이 누구인가.

이 땅의 주인이다. 들온 돌이 박힌 돌을 뺀 형국이랄까. 유럽서 온 지배자들은 흑백분리 정책으로 흑인들을 도심에서 멀리 떨어진 외곽으로 강제 이주시킨 상흔의 땅이라니.

잠깐 차에서 내려 들어가 본 타운쉽.

타운쉽

닥지닥지 붙어선 양철지붕은 생각만 해도 훅훅 끼쳐오는 열탕
이다.

어둡고 뜨거운 4~5평 남짓한 실내를 피해 골목에 나앉아 보자기
를 두르고 머리를 깎는 남자, 말라붙은 콧물줄기를 달고 칭얼대는 아
이, 할 일 없이 배회하고 다니는 소년들, 구정물, 연탄재, 질척이는 길

가 울긋불긋 내 널린 빨래들, 사람살이가 참혹하다. 전후 우리나라의
50년대가 저랬을까. 시장이라고 들어가니 몇 알의 감자 양파 푸성귀들
놓고 사는 이도 없이 주인은 졸고 있다. 땅바닥 위에 널빤지를 깔고 피
묻은 돼지 토막들이 두어 무더기 널려 있는 곳이 정육점이란다. 물어
물어 화장실을 찾으니 아랫도리를 벗은 다섯 살 남짓한 여아가 맨발로
질퍽거리는 변소로 들어가는 것을 보며 들어가지 못하고 되짚어 나오
는데 지독한 지린내는 차에까지 따라왔다. 열 가구에 하나씩 쓰는 공
중변소라고.

만델라

이제 만델라에 의해 흑인들도 마음대로 거리
를 걸을 수 있는 자유를 얻었다. 인종차별에 맞선
투쟁으로 26년 만에 로빈 아일랜드 감옥을 출소
하여 남아공 최초의 흑인 대통령이 된 만델라는
복수대신에 백인 가해자들을 용서와 화해로써 과
거사 청산을 실시했다. 그러나 어쩌랴.

흑인들은 자유를 얻었으나 여전히 가난에서 벗어나지 못했고 타
운쉽을 떠나지 못하는 것이다. 이제는 부富의 노예가 되어 포도밭에서
하역장에서 막일을 하며 가족을 부양하는 이들은 지구촌의 또 다른 풍
경이다.

이 첫날의 컴컴하고 가슴 아린 풍경은 어떤 유쾌하고 아름다운 풍
광을 보아도 '저게 모두 누군가의 참을 수 없는 고통과 땀의 착취로 이

루어진 것이지' 하는 내 부정적 태도, 나야말로 큰일 난 거 아닌가.

아름다운 포도 농원들에는 하나같이 울타리를 따라 장미가 심기어 있었다. 어째서 울타리를 따라 한 줄만 심었을까 내내 의문에 쌓였었는데 이쁘라고 심은 게 아니란다. 장미는 병충해에 취약하므로 장미의 상태를 보아 포도의 병충해 여부를 가리는 목적으로 고용한 흑인노예와 같은 거라고나 할까. 와인생산자는 아름다운 꽃에는 관심이 없고 얼마나 자신들에게 부와 이익을 가져다 줄것인지에만 신경이 가있어 고용한 흑인이나 장미가 허약하고 병들면 파내버리면 그만이고 그 장미 주변 포도에만 방제를 하면 되기에 와인 생산가를 줄인다는 것! 무서워라

곱게 핀 장미 뒤에 그런 무서운 계산속이 숨어 있었다니…

흰 테이블보를 펴는 구름 아저씨

케입타운의 상징, 이 도시의 어느 방향에서도 선명하게 보이는 테이블 마운틴Table Mountain을 줄곧 바라보며 희망봉을 찾아가는 해안도로, 켐스베이를 유연하게 달리고 있다.

영국BBC가 선정한 신의 정원이라 불릴 만큼 아름다운 길이다. 이름하여 Garden Route! 가도 가도 끝없이 펼쳐지는 구릉의 초원과

아찔한 절벽이 나오는가 하면 망망대해를 전망으로 백인들의 예쁜 별장들이 늘어서 있어 이곳을 Camp's Bay라 한다나. 타운쉽이 떠올라 최고의 로맨틱 가도를 달리는데도 마음이 찌뿌둥하고 불편하다. 그뿐인가. 물개섬 가는 하웃베이라는 해변에서 어부에게 길들여진 물개를 보는 마음도 무겁고 귀여운 자카스 펭귄이 오래전 대륙이동으로 갈리어 나와 떠나지도 못하고 그냥 아프리카 볼더스 비치에 남아 생존하면서 일정불변한 남극대륙과 달리 잦은 기후변동과 강우량, 급작스런 한파로 몇 백 마리씩 새끼 펭귄들이 죽어나간다는 것. 어린 것들이 떼로 죽어 나간다는 것은 미래가 없어진다는 뜻이 아니고 무엇이랴.

그래도 가든 루트 도중 양쪽 평원에 화사하게 핀 이 니라민의 희귀한 꽃들, 프로티아를 보자 다시금 생명의 신비와 자연의 위대함에 숙연해지고 마음이 환해진다. 각양각색의 색과 모양과 크기가 다른 이 꽃들은 어떤 땐 꽃방석 같기도 하고 폭신한 소프트볼 담긴 바구니 같기도 한데 12월은 초여름 날씨의 낮과 한 겨울 날씨의 밤 기온이 공존하기에 이 꽃도 그에 대응하여 진화했다는 것. 꽃송이고 잎이고 다 보송보송 솜털에 싸여있는 이들의 생존전략이 놀랍다. 프로티아는 이 남아연방의 국화國花로 더욱 신비로운 것은 바람에 의해 잎들끼리 꽃송이들끼리 서로 부딪고 비벼져 두꺼운 꽃 싸개가 벗겨지고 꽃이 피게 된다 한다. 프로티아라는 이름 속에도 이 비비다의 의미가 들어있단다.

프로티아

이 대자연의 아름다운 조화는 나를 침침한 기분에서 일거에 벗어
나게 했다. 모든 생명들은 저마다 위기에 대응하여 있는 힘을 다해 이
별에서 살아내고 있다는 놀라운 목숨의 힘에서 희망을 본 것이다.

그것이 아무리 작은 목숨이라도 마음이 있고 사랑이 있고 살아갈
의지가 있다는 것을 자연 속에 서면 절실하게 교감케 된다. 때론 엉뚱
한 짓으로 보는 이를 어이없게 하거나 웃음을 자아내게도 하지만…

아프리카에서 게임 드라이브라는 건 지붕 없는 차량으로 야생동
물을 찾아 나서는 체험 사파리다. 빅파이브를 찾아내는 것도 재미 지

희망봉의 풍광

지만 날 유쾌하게 한것은 갈기털이 멋진 한 마리 야생의 뿔돼지였다.

두세대의 차량이 비슷하게 움직이지만 유독 녀석이 따르는 차는 정해져 있다는 것이다. 때마침 우리 게임 드라이브차량의 전문가이드는 아겔라 라는 젊은 미인인데 녀석도 미인을 알아보았음인가. 아겔라가 떴다하면 어디선가 나타나 따라다니는데 차량을 몰고 아겔라가 나무숲이든 풀숲이든 물속으로 차를 몰고 간다 해도 이 뿔돼지는 그 짧다란 다리로 꼴꼴대며 어디까지고 좇아왔다.

이것이 하루 이틀이 아니고 벌써 1년도 더 되었다니 놈의 순수 짝사랑이 눈물겨울 지경이다. 나도 스스로 짝사랑의 고수라 자처하지만 녀석에겐 댓거리가 되지 않겠다. 우리가 사파리를 끝낼때가 되어서 멀어지자 녀석은 갈기털을 나부끼며 오래 그 자리에 서있었다.

저만큼 희망봉이 보인다. 아니 봉우리는 없다. Cape Of Good Hope, 희망곶이 맞겠다. 여기는 아프리카의 땅, 끝마을이다. 옛날 유럽의 선원들이 인도로 가는 뱃길을 발견한 이후 이곳에서 희망을 발견했다고.

'희망곶'이라 명명되었다는 곳이다. '희망곶'이라니 올라가지 않을 수 없다. 등대가 있는 곳까지 등산열차도 두고 핵핵대며 걸어 오르니 줄줄 흐르는 땀이 장난 아니다. 올케 이여사는 나보다 먼저 전망대에 올라섰고 정상에 선 이정표가 하나 먼데 바다를 내다보며 가리키고 있다. 파리 9,294km, 벨린 9,575km, 뉴욕 12,541km. 서울, 서울은 없

뿔돼지

구나 쯧.

저만치 테이블마운틴에 식탁보 깔리듯 하얀 구름이 갈로 사르는 듯한 산 정상에 덮이고 있다. 이 도시에 귀한 손님 예약이 있는지 구름 아저씨의 손길이 바쁜 듯 흰구름이 굼실굼실 레이스 보를 늘이는구나.

오늘 저녁은 워터프런트에 가 아프리카 여행정보를 준 고마운 미연씨와 함께 여행의 마지막 만찬을 가져야겠다. 씨푸드가 맛있을 것이다.

홍합탕을 먹을까? 조개구이를 먹을까? 문득 스텔른 보쉬에서의 몇 아름드리 아메리칸싸이프러스 나무가 지붕을 뚫고 나가 있고 청포도 넝쿨이 마당 가득 그늘을 늘였던 인상 깊던 레스토랑, '1802'가 생각난다.

거기서 올케 이여사가 한턱 쏜 요리, 레몬을 살짝 뿌려서 먹었던

fresh Grilen Line fish도 좋았는데…

집으로 돌아가는 길에는 숲이 있어야 마음이 말갛게 여과되는 법.

비릿한 바닷바람을 마시며 해안 숲길을 걸어 숙소로 돌아갈 것이다.

웅대하게 치솟은 Lion head 봉우리는 황혼 빛을 받아 더욱 붉으레 여심을 호리지나 않을지. 내일 낮이면 구름 위에 앉아 날고 있을까. 벌써 아프리카의 끝 날이라니…

'그대가 곁에 있어도 그대가 그립다'한 유시원의 심정이 실감 난다.

"안녕, 아프리카여 치타의 땅이여. 뿔돼지여.

아직 아프리카를 떠나지 않았음에도 나는 아프리카가 그립다. 사막, 그 붉은 모래알들의 속삭임이 그 치명적인 곡선들이…"

사하라 기행

붉은 사하라,

내 허공에 선

법당

다시 낯선 땅으로 들어선다. 비로소 당도했다.

모래의 사하라,

내 역마살이 얼마나 오랫동안 기다리던 땅인가.

아프리카 대륙 4분의1을 점거하고 있는 세계에서 가장 넓은 사막이다. 건기, 그것도 비수기인 12월은 텅 비어있는 땅. 오랜 시간 내 영

혼이 먼저 와서 어슬렁거렸을 곳.

아무도 없다.

그런데도 마치 오래전 떠난

옛집의 안마당으로 들어온 듯 편안하다. 무량하다. 마음이 날아오른다. 이런 설렘은 세상이 흔히 말하는 낯선 사람 낯선 공간에서 일어날 법한 공포의 요소를 불식시킨다.

하물며 꿈꾸던 사하라가 아닌가. 제일 먼저 바람이 혼령처럼 내 옷깃을 스치듯 지나간다. 구름 한 점 없다. 간간히 야생 당나귀의 누런 똥 무더기처럼 띄엄띄엄 있는 마른 풀들 쏠리는 소리도 지나간다. 태양은 모래밭을 따갑게 달구고 있지만 곧 뼈를 에는 밤의 추위가 닥치리라.

길은 없다.

랜드로버 바큇자국의 엇갈림들이 간간 보일 뿐이라 그 궤적들이 '사하라엔 길이 없어요' 알려주는 듯하다. 무슨 대수랴. 내 발 닿는 곳이 길 아니던가. 여기로 떠나기 얼마 전 안동 근방 포교당 골목이었을 것인데 불자인 듯한 젊은 여인이 남모를 나에게 말을 걸어왔었다.

"보살님 어데로 가시니껴?"

"예 쩌어기—"

구름을 가리켰던가. 그렇다. 가끔 동행도 없이 목적지나 향방도 정한 바 없이 길을 나섰고 길이 그런 나를 인도하는 듯 보였다.

아니었다.

내가 신발만 꿰면 어디로든 길이 나고 있던 거였다.

사방 둘러보아도 허허벌판,

걸어도 걸어도 사람 하나 집 한 채는 커녕 나무 한 그루,

새끼염소 한 마리 안 보이는 빈 땅이다.

동쪽으로 돌아선다.

얼마만큼의 허공이 있는가?

저 허공을 잴 수는 있는가?

남쪽으로 돌아선다.

서쪽으로 돌아선다.

북쪽으로 돌아선다.

3백 60도가 광대무변, 무량하다.

얼마만큼의 허공이 있는가?

무량함이란 말 외에 무슨 말이 합당할까 싶다.

문득 수부티와 세존의 대화를 엿듣는다.

"수부티여 허공의 양을 헤아리는 일은 쉬운가?"

"아닙니다. 세존이시여. 그것은 쉽지 않습니다."

"그와 같이 누가 누구에게 무엇을 이란

　집착 없이 보시를 행한다면 그 공덕의 양 역시 저 허공의 질량처

럼 헤아릴 수 없는 것이니라."

    이 길이 누구도 아닌 나를 위한 길 떠남이었음에 '보시'라는 말이 자꾸 의식의 바닥에서 나를 걸고넘어졌다. 경계가 지워진 사방을 품고 있는 허공, 하오 4시쯤의 허공이 둥글게 부풀어 있다.

    부드럽다.

    허공은 허공이 아니었다.

    우주의 근원이 허공 아니던가.

집이 따뜻하다.

옛집 속에 후줄그레 서 있는 내가 보인다.

비로소 나를 모신 법당에 일천 부처님이 기웃거리신다. 허공에 가득하신 부처님들 앞에서 나는 무엇을 할 수 있을까?

연암 박지원은 중국 동북부 열하를 가는 중에 가도 가도 끝없는 요동 벌판 그 넓은 대지 앞에서 도포자락을 휘날리며 외쳤다고 한다.

"참 좋은 울음터로구나. 크게 울어볼만 하도다."

울음이 함의하고 있는 상징성이 있을 수 있다. 그러나 나는 한 남자의 아니 세상의 사내를 생각한다. 남자로 길러지는 조선에서 어디한 번 눈물이란 걸 보일 수 있겠던가.

결코 울어선 안 되는 사내들! 울고픈 때가 한 두 번이었을까. 그 바람찬 벌판에 서서 불혹을 넘긴 사내, 연암은 자신을 위하여 처음이자 마지막일 한 번의 통곡을 했던 것일까.

나는 통곡 대신 반야심경을 크게 소리 내어 읊조려본다.

내가 욀 수 있는 유일한 경이기 때문이다.

사구의 경계면을 넘어서고 있는 저녁 해

그것도 아이를 대학에 철컥 붙여 달라고

도솔암 내원궁에서 난생 처음 천배를 올리며 외우게 된 경이 아니던가. 자식이 무엇인지 그때를 떠올리면 좁은 내원궁 안에서 많은 보살들과 몇 처사들이 낮 밤 없이 염주를 들리고 앞사람 엉덩이 밑에 간곡히 절을 올리며 지장보살의 명호를 부르고 있었던 겨울은 입시 철이었음에 절로 고소를 금치 못한다.

그래 여기 역시 참 좋은 울음 터임이 분명한데

내 울음은 어디로 숨었는가. 쏟아지는 비에 기대어 울던 나. 수돗물을 틀어놓고 숨어 울던 나. 모두 나였다. 작은 일에 상처받고 또 상처 주었을 나,

자존심에 목숨을 걸던 철없던 때의 나도… 선연하다.

수많은 내가 사방에 서 있다.

작고 볼품없는 여자.

고독이 없다면 자기 응시의 시간도 없을 것이다.

나를 모신 법당이 고독해야 비로소 나를 직시할 수 있고 내 안에 마음을 모실 수가 있는 것이다.

휘―익. 모래바람이 오고

눈에 티가 들어갔는지 비벼도 비벼도 찌른다.

보이는 모든 상은 상이 아니고 티끌은 티끌이 아니라 했는데 어찌 이리 아무것도 아닌 것이 나를 괴롭히는가.

눈물 찔끔거리며 눈을 들어 하늘을 본다.

노을이 번지고 있다.

어둠이 내리기 전에 그곳에 가야하는데

3억 년의 시간이 묶여 있는 곳

아니, 고생대 바다 속 물고기 화석들이 그대로 드러나 있는 곳,

그러니까 이 아프리카 북서부 사하라가 바다였다고?!

어디서 나타났을까?

작은 발자국 소리에 의식이 들어 뒤돌아본다.

다서여섯 살 또래의 베두인 아이들 두엇이 다가와 알루 알루(헬로우)하며 옷을 잡아당긴다. 무엇을 달라는 거다 싶자 또 분별심이 발동하여 저 아이들에게 푼돈을 쥐어주면 저들은 저 가난에서 벗어나지 못하지 하며 옷 붙든 손들을 떼쳐낸다.

금강경의 보살행에 마음을 닦는 일이란 시자施者와 수자受者와 시물施物이라는 관념으로부터 마음을 차단하는 일이라 했거늘….

그러나 그 중 한 여아가 안고 있는 갓 돌을 지났을 법한 아이의 모래바람에 튼 뺨과 말라붙은 콧물 줄기에 눈이 멎었을 때

암모나이트

고생대의 바닷속 풍경

지나간 흑백영화 한 장면,

달리는 지프차 꽁무니를 따라 달리며 "할로 껌 껌 쪼코레또!" 소
리쳤을 전후의 한국 아이들이 떠오르고 그들이 그들의 자식들이 지금
한국을 끌어가고 있지 않은가.

무슨 기우란 말인가. 라는 결론에 이르기도 전에 분별심도 측은
지심도 아닌 체 발은 아기에게로 다가가 5랜드(모르코돈 1랜드는 우리돈
150원)와 홍삼캔디 한줌을 쥐어둔다.

역시 아이들인지라 캔디를 더 달라고 조른다.

큰 아이가 배시시 웃음을 흘리며

"무초스 그라시아스 /무지 고맙습니다" 한다.

이들은 모로코어와 포르투갈어 스페인어를 필요에 따라 쓰는 듯
했다.

모래의 길을 오가는
눈빛 선한 낙타, 핫산을 기억한다

구름밭이 온통 붉은
베르베르마을 지나
배낭 짐 진 나를 지고
왕방울 눈 껌벅껌벅 핫산은 걷는다

내 무게가 민망해서
핫산의 목을 쓸어 주는 일 말곤
그의 긴 속눈썹이나 보며 *끄득끄득* 조을며

이윽고 천막에 짐을 푸는데
아낙이 담요를 가져다주며
"핫산 마마! 핫산 마마!"
핫산 어미 털가죽 담요라?

새벽 꿈길이다

"울 엄마야—울 엄마 옷,"

징글징글 좇아오던 핫산을 기억한다

— 시, '사하라의 핫산' 中

아마도 멀지 않은 곳에 베드윈 작은 마을이 있을 것이다.

저녁에는 붉은 아프리카식 흙집 대신 베드윈 캠프에서

하룻밤을 묵을 요량이다.

뒷간도 없다는데 세수간도 없다는데….

자다 일어나 쏟아지는 별을 보며 오줌을 눌 것이다. 목마른 모래
밭이 쇄~쇄 오줌 마시는 소리, 들릴 것이다. 모래 몇 알이 떠도는 혼령
처럼 내 따귀를 긁고 지나갈 것이다.

천 년쯤 전에 죽은 내 영혼이 베드윈의 푸른 터번을 두르고 찾아
와 내 잠 곁에서 오래도록 부스럭거리겠다.

사하라의 밤은 그렇게 내 곁에서 깊어 갔다.

쏟아지는 별하늘이 보고 싶은데

무서워 소변도 참는 중인데…

백두산 오를 때는 7시간도 참았지!

버스에서 내려 풀덤불 속에서 일을 보라 해서일까. 버스에 앉아 내려다보니 남자들은 돌아서면 세상이 다 화장실인 듯 당당하게 돌아서서 목을 젖히고 하늘을 보며 소변줄기를 뻗히나 본데.

멀리 가까이 여자들,

자존도 내버리고 바지 내리는 것이며

달덩이 같은 엉덩이도 보인다.

그럴 수는 없었다.

하룻밤 정도 참을 수는 있으리라.

그러나 도저히 참을 수 없는 것은 낙타 털로 짠 담요에선 지린내가 났고 무엇보다 문도 없는 천막에 배고픈 쟈칼이라도 들어오면 어쩌나 낮에 보니 사구, 군데군데 개 발자국보다 작은 발자국들이 무수히 찍혀 있었는데…

에라—모르겠다.

무서움에 배낭을 챙겨지고 예약된 아프리카식 호텔로 기어드니 사막의 무시무시한 추위도 없고 작은 벽난로에선 낙타가시나무 삭정이가 타고 있었다.

타닥. 타닥.

실크로드의 유르트 안 스토브에서도 자작나무 타던 소리가 더없

낙타털로 짠 천막이다

이 정겨웠는데. 텐트에서 도망치듯 호텔 건물을 향해 뛰면서도 머리를 들어 하늘을 보았었다. 그곳엔 백천 만평의 눈이 안 닿을 별밭!

또 다른 모래사막만 같은 별의 하늘이 있었다!

하늘, 12시 방향에 출렁이는 은하수가 곧 머리 위로 쏟아질 것 같은데 나, 여서일곱 살 무렵 오빠는 말씀하셨지.

"희야,

쩌기 저 은하수 보이지. 저곳이 바로 우리가 사는 은하야!"

"엥— 우리 사는 곳이 우째 하늘에 있어?"

"우주에는 위도 아래도 없고 왼쪽 오른쪽도 없단다. 우리 발밑으로 끝까지 가면 여기와 정 반대쪽, 모르는 나라들이 나와. 거긴 우리가 지금 여름이니까 겨울이고 여기가 밤이니까 거기는?"

"응, 오빠야 내도 안다. 거게는 낮인 기지. 맞재?"

낙타 가시나무 삭정이가 대답이라도 하듯 '타다닥!' 불티를 날린다.

내 역마살은 계속 나를 이끌 것이다. 벌써 내 트레킹화는 호주의 서부, '네버랜드never land'를 딛고 선 듯. 마음이 셀렌다. 아니면 '파미르Pamir' 초원을 다리는 나!

그의 문체는 반짝인다
은빛이다
또 한 계절 생을 건너가며
발바닥으로 쓴
단 한 줄의 정직한 문장

'나 여기 가고 있다'

—「달팽이의 말씀」 전문

'내 안엔 몽상의 밀실과 역마살의 DNA가'

꿈꾸던 가출,

지구의 정 반대편 모래땅을 밟고선 돌아온 탕아처럼 머쓱해져 일찍 도착했으나 카페에서 시간을 보낸다. 식구들이 모두 나가고 없는 틈을 타 슬쩍 집안으로 들어설 참인 것.

먼 데 산이 단풍 물을 찌컬이며 내려오고 있던 .

가을의 한 가운데서 가출을 결행하던

나를 생각하면.

많이 두렵고 주변의 가족들에 미안하던 홀로의 사막 여행, 그러나 우려와는 달리 사막 배낭을 해내고 무사 귀환한 때, 스스로가 대견하기도 하고 그토록 가족들에 미안을 끼치게 하는 내 역마살이 원망스럽기도 한 일인데.

곧 겨울이 닿고 눈발들 찾아오리라. 온통 세상은 희디흰 무대, 억만 눈송이들 허공 속에서 팁. 토우. 팁. 토우. 스텝을 밟는 듯 경쾌할 것이다. 내리고 휘돌고 건너뛰다 다시 날아오르는 백색의 춤, 이 눈의 계절은 책과 함께 사계 중, 누구든 내면세계로 들기에 가장 좋은 때지. 고개를 끄덕인다.

하늘이 낮게 내려와 창밖은 잿빛,

책을 펼친 채 멍때리고 있는 나를 지켜보았다는 듯 창유리에 눈이 와 부딪는다. 눈을 보니 문득 푸치니의 아리아,

'투란도트'에서 〈공주는 잠 못 이루고〉 칼라프의 목소리가 듣고 싶다. 생각에 미치자 언젠가 방송에서 토스카니니와 푸치니의 아름다운 일화를 들은 게 아련히 들리는 듯.

시詩

크리스마스 날 FM에서 엿들은

아니리 한 대목이었다

ー동글동글 굴러가는 목소리의ー

푸치니와 토스카니니는 친구였어요 그땐 젤 좋아하는
사람에게 크리스마스 빵을 선물하는 것이 풍습이었죠

무의식중에 푸치니는 토스카니니에게 빵 선물을 보낸것이 생각났
는데 곰곰 생각하니 다툰 기억이 났어요
혹시 용서를 비는 것으로 오해하지 않을까 그보다 더 걱정스러운
것은 돌려보내진 않을까 전전긍긍 생각다못해 전보를 쳤지요

크리스마스 빵 잘못 알고 보냈다 메리 크리스마스—
—그랬더니 답신 전보 오기를
크리스마스 빵 잘못 알고 먹었다 메리 크리스마스—

푸치니와 토스카니니를 들으며
창밖의 눈발처럼 희죽희죽 웃었다
나도 그런 친구 하나 있었으면!

—졸시 「푸치니가 토스카니니에게」 전문

창을 열고 가만히 손바닥을 내주면 하나. 둘 손바닥 위에 내려앉
는 것들. 하얀 요정 같다. 곧 스러지고 내려앉고. 곁에서 비발디의 겨울

—바이올린 선율이 오고 무희들의 연미색 토슈즈들 둥글게 날아오르는… 따뜻한 몽상의 시간이었다.

　이 눈의 계절에 벽난로는 없지만.

　창밖은 고요하고 내 방석 밑은 따뜻하다. 유난히 세상살이에 편식이 심하다는 걸 나 스스로 알기에 그냥 매사 미안하던 나날들!

　나의 유년,

　책을 읽기 시작하면서부터 나는 야무진 꿈을 꾸기 시작 했는데 어쩌다 서점 곁을 지나가기라도 하면 돈도 없으면서 쪼맨한 아이가 책방에 들어와 기웃거리며 한 바퀴 책방 안을 훑고는 꿈꾸듯 중얼대는 거였으니.

　"내도 서점 점원이 될 끼다. 그카고 쩌기 예쁜 언니맨치로 맬맬 책을 읽을 끼다. 여, 있는 책은 몽땅 다… 꽁짜 아이가!"

　책에 대한, 유난한 기호 성향은 백수 선비시던 아버지의 내림이었을 것이다. 가난한 선비께선 당신 앉으신 방석 왼 켠은 울긋불긋 밑줄 친 신문들이 각을 세워 반듯하게 쌓여있고 오른 켠엔 낡고 헤진 신구 서적들 쌓인 아래 아버진 누렇게 바랜 백과사전에 꼬불꼬불 밑줄을 치시며 엎드려계시곤 했었다.

　이런 행태는 당대가 아니라 사화土禍같은 어지러운 시절, 벼슬을

사막에 서면

고향 언덕 같아 주저앉고 싶다

바람치는 벌판이 내 속만 같아

그 휑한 가슴 껴안고 싶다

놓은 선조들이 지리산 백전柏田면(잣밭골)로 숨어들어 만고에 일이라곤 몇 대고 마을의 가난한 훈장 노릇 말고는 할 일이 없었으니.. 산골에서 서당공부를 할 학동들 두엇 있다손 쳐도 그 월사금이라는 게 겉보리 뎃박이나 계란 몇 개 정도니. 산 밑 밭떼기라도 갈아먹지 않으면 풀칠하기가 어려운 시절이었다고… 어느 날 할아버지 이야기를 꺼내셨던 어머니가 내 기억 속으로 설핏 드신다.

　ー농사일 생각은 없고 밤낮 사랑에서 책만 읽는 가장의 무능에 할머니는 혼자 농사일에 콩대며 깻대며 울화 치민 방망이질을 해대시다 결국 운명하실 땐 온몸 구멍마다 붉은 물이 그칠 새 없이 흘러나와 상주들이 큰 애를 먹었다며 우리나라에만 있다는 '화병'의 전형적인 형국이었다ー고.

　거기다 아들 역시 남편과 다르지 않았으니 할머니의 화증이 오죽하셨을까. 한 예로 어머니 시집 온 지 얼마 되지 않은 때였단다. 쌀독이 비어도 책만 읽는 아들이 미워 할머니는 안채와 사랑채 사이 사립문에 자물쇠를 채우셨다는데 글을 읽다 새벽녘 젊은 아버지는 자기 집 돌담을 달밤에 월담하여 신부의 방으로 찾아오더라는 일화.

　대대손손 책 사랑은 문중DNA에 새겨져 내려왔음이 분명하다. 우선 나를 두고 봐도 주방 살림 대신 온 집안에 책과 꽃들로 채워져 있다 하겠으니… 이는 평생 꽃을 가꾸시던 아버지의 피와 범생이던 오빠의 영향이지 싶다.

가을이 저물면 빈 들녘 너머서

'철새는 날아가고'

잉카의 쿠스코 산동네서 들리던 펜 플롯, 슬픈 가락이 떠오른다. 아마 지금도 거기선 어느 젊은 영혼이 뼈로 만든 케나를 불 것이고 그의 선율이 바람에 실려 오고 또 쓸쓸히 지나갈 동안 아직도 군인들은 아르마스 광장을 점거하고 있을까? 군부의 부패는 여전할 것이고 밑바닥 서민들은 낮 동안 손으로 만들어 판 관광수입을 거의 빼앗기고 흙집에서 웅크리고 잠이 들것이다!

총소리 울리는 속에 무슨 생각으로 남의 나라 데모 행진 중인 시민대열에 뛰어들었는지 알다가도 모를 일만 같으나 세계적 관광 국가임에도 우리나라 50년대 같이 더럽고 궁핍한 변두리 서민의 삶에 분노가 치밀던 순간이 뇌리를 치고 지나간다.

지구별을 타고 날고 있는 나를 믿다 보면 나선 팔을 휘저으며 돌고 있을 우리 은하의 길도 보이는 듯싶고.

겨울엔 사막을 읽으러 배낭 길을 떠나곤 했었다. ─일사병의 위험이 도사린 사막의 뜨거운 낮 더위를 피해─ 신神의 책册이라 할 사막

읽기만큼 아름답고 신비한 독서가
있던가?!

　성스러운 생명 활동도 감동이
었다.

사막 딱정벌레의 이슬 모아 마시기

　딱정벌레는 뜨겁고 건조한 낮
동안엔 모래 밑에 엎드려 있다가 멀
리 바다로부터 안개가 날아올 새벽
쯤, 모래 속에서 나와 사구의 경사면
에 거꾸로 선 자세를 취하면 새벽 찬 공기에 안개가 딱정벌레의 등짝
이며 꽁무니에 걸려 이슬방울이 되어 경사진 등짝을 타고 내려와 제
입으로 흘러들게하는 나미비아의 사막 딱정벌레의 지혜, 참으로 신비
로왔었다.

　식물 역시 놀라운 진화의 모습이라니…

　1미리의 잎에 8센티미터의 가시로 무장하여 잎도둑을 막고 수분
증발을 줄이는 낙타가시나무,

　그러나 기린이나 낙타는 8센티의 억센 가시도

　먹을 수 있는 혓바닥으로 진화했으니!

　아프리카의 나미비아도 붉은 사하라도 남미 안데스 산맥을 종從

으로 따라 내리던 흙바람의 기나긴 사막도 우유니 소금사막도 모두 11, 12, 1월의 한겨울에 발로 읽어낸 내 최선의 아름다운 책 읽기였다.

'글을 좋아하는 내가 글로써 일어섰다' 생각하니 책 읽으시던 모습 선연하신 아버지가 오빠가 사무치게 그립다.

이제 귀가 할 시간, 카페 한쪽에 세워두었던 45kg 큰 배낭을 지고 작은 배낭을 가슴에 안은 포즈로 문을 나선다. 집으로 가는 샛길이 환하다.

오랜 여독으로 병이 올 듯도 싶지만 다음을 위해서도 아픈 척은 꿈에도 해서는 안 된다는 것. 씩씩하게. 집안을 정리 후 그가 좋아하는 갈비를 준비하고 꽃게탕도 끓여야지. 그가 귀가하기 전에 화장도 고치고 활짝 핀 눈웃음 한 장도 오려붙이리라. 작전을 짜두는 것이다.

그가 활짝 웃으며 "우리 어부인, 무사귀환 했네 고생 많았지?" 떠올린다 생각이 현실을 불러오니까.

49일간의 남미·아프리카 기행
그러니까 사막이다

초판 1쇄 발행 / 2024년 4월 9일

지은이 / 김추인
펴낸이 / 최단아
펴낸곳 / 도서출판 서정시학
디자인 / 송남숙
제작 / (주)상지사
주소 / 서울시 서초구 서초중앙로 18, 504호(서초쌍용플래티넘)
전화 / 02-928-7016
팩스 / 02-922-7017
e-mail / lyricpoetics@gmail.com
출판등록 / 209-91-66271